para meu amigo
BRANCO

Manoel Soares

para meu amigo BRANCO

Copyright © 2022 by Manoel Soares

Direitos de edição da obra em língua portuguesa no Brasil adquiridos pela AGIR, selo da EDITORA NOVA FRONTEIRA PARTICIPAÇÕES S.A. Todos os direitos reservados. Nenhuma parte desta obra pode ser apropriada e estocada em sistema de banco de dados ou processo similar, em qualquer forma ou meio, seja eletrônico, de fotocópia, gravação etc., sem a permissão do detentor do copirraite.

EDITORA NOVA FRONTEIRA PARTICIPAÇÕES S.A.
Rua Candelária, 60 — 7.º andar — Centro — 20091-020
Rio de Janeiro — RJ — Brasil
Tel.: (21) 3882-8200

Impresso nas oficinas gráficas da Editora Vozes, Ltda.

Dados Internacionais de Catalogação na Publicação (CIP)

S676p   Soares, Manoel
           Para meu amigo branco / Manoel Soares. –
         Rio de Janeiro: Agir, 2022.
           152 p.

           ISBN: 978-65-5837-097-0
           1. Literatura brasileira. I. Título.

                           CDD: 869.3
                           CDU: 821.134.3(81)

André Queiroz – CRB-4/2242

SUMÁRIO

7   APRESENTAÇÃO, POR MAJU COUTINHO

13 PREFÁCIO, POR ELIANE DIAS

19 ANTES DE TUDO

25 DE CHEGADA

35 BRASIL: O PAÍS QUE QUERIA SER BRANCO

45 DESDE PEQUENININHO

55 O PRETO DA ESCOLA

69 TÁ RINDO DE QUÊ?

79 AFROBORRESCÊNCIA

93 SEXO É BOM, RACISMO NÃO

107 CORDIAL É O #*S@%*#!

121 LIBERDADE, NÃO. RACISMO!

133 E AGORA, QUAL VAI SER?

APRESEN-TAÇÃO

MAJU COUTINHO

Nem sei se ainda é assim, mas lá na década de 1990, quando a turma da escola fazia amigo secreto, havia uma troca de bilhetes. Como a brincadeira se chama amigo secreto (e não inimigo secreto) o que eu esperava receber da pessoa que, por sorteio, me coube como amiga, no final daquele ano de 1992, época em que cursava a oitava série do antigo primário (hoje ensino fundamental), eram mensagens agradáveis. Porém, um dos bilhetes que recebi dizia algo do tipo: "Por que você não passa um condicionador neste cabelo feio?" Imagine o impacto dessa pergunta para uma adolescente que, até aquele momento, tinha passado boa parte da vida com dificuldade em aceitar seu cabelo crespo, que chegou a alisar, e que entrava em pânico ao aventar a possibilidade de ir à escola com um penteado diferente, por medo de ser ridicularizada. Isso tudo apesar de fazer parte de uma família em que a autoestima afrodescendente era assunto frequente das conversas.

Cheguei até a pensar que o bilhetinho era obra de algum desafeto, mas não, ele foi escrito mesmo pelo meu "amigo secreto", que confirmou a autoria, no dia da troca de presentes. Detalhe importante: não me lembro qual foi o presente que ele me deu, mas o bilhete jamais será esquecido por mim.

E quem era o tal amigo? Vou chamá-lo aqui de B.F. Ele era considerado o mais inteligente da turma. Neto de alemães, B.F. não sentia o menor constrangimento ao declarar que o avô era um racista que jamais aceitaria que seu neto se relacionasse com uma mulher negra. E ninguém, ao ouvir essa declaração, inclusive eu, filha de pais ligados ao movimento negro, era capaz de questioná-lo.

Nunca mais vi B.F. na vida. Será que tem filhos ou sobrinhos? Será que continuou reproduzindo o racismo que aprendeu com o avô? Será que ele se reconhece racista? Gostaria de saber onde está B.F. para lhe entregar um exemplar do livro *Para meu amigo branco*, do jornalista Manoel Soares. Nesta obra, Manoel "posiciona o canhão de luz sobre nossos amigos e amigas de pele clara" para ajudar a matar o racista que há dentro do coração de muitas dessas pessoas. Com consciência da envergadura de tal objetivo, o autor ressalta que a maior dificuldade é localizar onde se enraíza o racismo que, como ele escreve, fica ali discreto, sorrateiro, sob camadas de piadas, brincadeiras e afetos tortos que constituem nossos comportamentos mais cotidianos. O livro não pretende criar um sentimento de culpa nas pessoas brancas, mas de responsabilidade, ressaltando que assim como o negro discriminado foi uma vítima do processo, a pessoa que hoje ostenta um comportamento racista não nasceu assim. Ela aprendeu esse padrão de comportamento racista, ou seja, ela também é uma vítima do racismo.

E a arma que Manoel escolheu para botar fogo no racista que há dentro de muita gente é o afeto. Não afeto meloso, romantizado, mas o afeto do jogo aberto, que levanta questionamentos, faz pensar, derruba crenças limitantes. E são várias as perguntas: "Você se lembra da primeira vez que viu uma pessoa negra?"; "Qual foi a primeira pessoa negra que começou a interagir com você?"; "Você se lembra do papel social que ela ocupava?"; "Quando você ingressou na escola, consegue lembrar se havia pessoas negras no contexto em que estudava?"; "As pessoas negras eram bem posicionadas dentro da sociedade escolar ou ocupavam lugares subalternos, como a 'tia da merenda', o porteiro, a faxineira ou mesmo aquele coleguinha discriminado?"

Enfim, é com afeto no coração e com perguntas objetivas que Manoel conduz o leitor branco a questionar-se até que ponto, embora não conscientemente, teve ou continua tendo uma postura racista que, mesmo não intencional, tanto mal pode causar às vítimas de racismo: as que trazem na pele essa marca e possuem a estranha mania de ter fé na vida. Afinal, como sintetizou a escritora Conceição Evaristo: eles combinaram de nos matar, mas nós combinamos de não morrer.

Boa leitura!

PREFÁCIO

ELIANE DIAS

Quando li as palavras que formam o título deste livro, gelei.

E por que gelei?

Senti um frio na barriga porque elas chegam em um momento em que a mola do entendimento entre Pretos (assim mesmo, maiúsculo) e Brancos está esticada.

Os Pretos... Sobre o certo ser preto ou negro, não há um consenso. Ainda estamos estudando, cada um fala como se sente melhor, mas Achille Mbembe, filósofo camaronês, com respaldo do Movimento Negro Unificado, defende a ressignificação para Preto. Em *Crítica da razão negra,* Mbembe explica que o conceito de escravo tende a se fundir com o de negro até se tornarem "uma coisa só". No entanto, há um grupo de filósofos que vão na linha de que devemos ter orgulho de sermos negros e a mantém.

Os Pretos já não querem mais falar, já não querem mais explicar o que é e o que não é racismo ou o que é ou não ser racista; meio que pensam *já sofri demais com isso, deixem que errem e paguem pelos seus erros.*

Seguindo a linha da proposta de *Para meu amigo branco*, serei mais *clara* na mensagem. Por muito tempo, a relação com o racismo estrutural e com o racismo sociopático foi tolerada pelos negros, às vezes com tristeza, outras, com raiva, outras, ignorando e seguindo a vida. Os negros mantinham essa mola tensionada e sofriam calados ou falavam para seus pares, num lamento sem fim.

Uma hora a mola encontrará um ponto de equilíbrio, mas hoje está bem esticada e os Pretos não querem dialogar, falar exaustivamente sobre o assunto com os brancos, pois já estão com ranço do tema, que é tão importante ser falado para ser entendido, compreendido.

Eu, há algum tempo, não via mais negros querendo entender não negros, querendo explicar que o racismo faz mal ao próprio racista.

Então me deparo com esta reflexão de paz (*gelei*), de empatia e estudo que fala delicadamente sobre o racismo, sem abrir mão de mostrar a violência que causa aos negros.

O não negro entenderá com certa facilidade que, como afirma Manoel Soares, "há que se fazer um movimento de 'higiene pessoal' — moral, cultural, histórica, social"; mas calma, meu Amigo Preto: é necessária esta higiene, pois estamos no maior país da América Latina, que possui a maior população de negros fora do continente africano, o maior mercado mundial depois dos Estados Unidos, China e Índia... Só os loucos querem perder esse poder de compra.

Nas páginas que seguem, o autor mostra como este país é muito controverso, um país idealizado para ser branco, mas que seguiu sequestrando negros por mais de trezentos anos.

Foi uma grande dose de empatia e carinho para com o amigo branco. "Quem foi que te ensinou a ser racista? Em que ponto da sua vida você aprendeu a ser racista? Essas questões são fundamentais, porque sabemos que ninguém nasce odiando ou desprezando o outro pela cor da pele, mas constrói uma personalidade racista ao longo do desenvolvimento humano. Partindo do viés de uma visão psicossocial, torna-se necessário identificar as curvas dos ambientes sociais em que vivemos, que semearam, regaram e adubaram o nosso racismo interior. Para que nossa análise tenha algum sucesso, é importante retornar até o momento do nascimento e reencontrar os primeiros ambientes de interação socioafetiva. Para aquecer os motores, pense..."

Pense só um pouco que racismo "é uma ilusão mascarada na cabeça de quem se sente superior". Os Pretos sabem que somos todos iguais. Difícil é entender a pressão que o homem negro sofre por ser diminuído e fetichizado como o *negão* de genital exagerado e compreender a experiência da mulher negra, que, além de ser reduzida, acaba vivendo na solidão, pois é vista como uma mulher que só tem serventia entre quatro paredes, e com as luzes apagadas. "Seja para homens ou mulheres negras, esse racismo sexualizado é hoje um dos maiores venenos das relações inter-raciais no Brasil. Por isso, daqui para a frente reflita se, por trás da cortina cor-de-rosa de elogios e agrados verbais ao corpo negro, você não está colocando seres humanos em jaulas. Como animais sexuais."

Este livro também conta com as *páginas pretas*. Os Pretos sabem bem o estrago que cada ação racista fazia quando éramos sós; mas agora estamos juntos, nos apoiando e nos amando, e não toleramos mais essa violência.

"No Brasil, uma das roupagens mais comuns do racismo é o que chamamos de racismo recreativo. São aqueles casos em que, aparentemente, você 'só faz uma piada' ou, então, 'apenas ri' de uma piada racista contada por outra pessoa. *Pô, tava só tirando uma onda. Quer dizer que não pode mais brincar? O mundo está muito sensível.*" Não, amor, o mundo não está mais sensível; é só que seu espaço começa somente quando termina o meu.

Minha vontade é de debater cada página, escrita aqui com muito carinho e respeito aos Pretos e aos Brancos, mas, meu amigo branco, chegou a hora de você fazer mais por você mesmo e entender que vive em um país onde 56% das pessoas são pretas e elas "só querem paz e mesmo assim é um sonho" (como cantam os Racionais MC's em "Fim de semana no parque"). No entanto, nunca é tarde para aprender que as negras não voltarão para os quartinhos de empregada, nem para as cozinhas — se esta não for a sua escolha —, que as mulheres não são propriedade dos homens e que os gays não voltarão para os armários.

Eliane Dias é advogada, ativista, diretora-executiva da produtora Boogie Naipe e empresária do grupo de rap Racionais MC's.

ANTES DE TUDO

(Meu amigo branco, antes de falar com você, eu preciso trocar umas palavras com meu irmão negro. Daqui a pouco a gente inicia nossa conversa, mas agora lhe peço uma pequena licença.)

Você que é meu irmão ou minha irmã negra deve ter percebido que eu **dediquei este livro para meu amigo branco**. Espero que você não fique chateado. Eu sei que nós precisamos engolir muita coisa na vida. As cicatrizes doem muito, machucam e desnorteiam nossa estrada. Sei também que estas palavras, aos olhos de uma pessoa de pele clara, soam como lamentações ou exageros de um cotidiano brasileiro que, aparentemente, todos já sabemos como funciona: *Pessoas negras longe de espaços de poder. Pessoas brancas se deslocando na vida* *com um "nojo social" travestido de aceitação a pretas e pretos, mas conseguimos ver em seus olhos que não somos de bom grado.*

Sim, este é o cenário. Mesmo assim, meu irmão e minha irmã, peço a compreensão de vocês, porque, **neste livro, nós não seremos o centro da conversa**. Essa escolha não foi casual. Lembre-se de que, na maioria das vezes, nós somos o foco do debate racial: se discute a condição do(a) negro(a), a postura do(a) negro(a), o que faz, o que sente, como se alimenta, como dorme. Nas conversas e questionamentos que estabeleço aqui, resolvi redirecionar a luminosidade pra outro lado. Posicionei o "canhão de luz" sobre os nossos amigos e amigas de pele clara. Descobri, ao longo de minha caminhada, que eles precisam ser estudados, ou melhor, que precisam estudar a si mesmos. É isso: **As pessoas brancas necessitam se analisar**, porque precisam evoluir.

Muitos irmãos e irmãs de cor talvez pensem que este meu gesto é de uma solidariedade excessiva. Ou, como costumamos falar nos nossos núcleos pessoais: "Estou passando pano pra branquinho". Expressão popular que dá a ideia de limpar a sujeira de alguém, mas afirmo a vocês que não é isso que estou fazendo. Minhas decisões têm como único objetivo proteger as pessoas negras. Ao longo dos meus 41 anos de vida, aprendi que possuo armas e argumentos fortes o suficiente para colocar pessoas racistas no seu devido lugar. Aliás, faço isso muito bem, elas de fato param de me atacar ou me ofender. Porém acabam se vingando na próxima pessoa negra de condição fragilizada que cruza seus caminhos. Desde o rapaz que limpa o jardim da sua casa, a faxineira, o frentista do posto de gasolina ou o *motoboy* que entrega sua comida. Minhas experiências demonstraram que alguma pessoa de pele escura sempre pagava pelo constrangimento que eu tinha feito a pessoa de pele clara passar.

Neste livro, eu tomei a decisão de acolher essa pessoa branca que, muitas vezes inconscientemente, nos agride. Eu entendi, depois de muito tempo, depois de muitas dores, que somente o nosso afeto pode curar — *aquelas pessoas que desejam ser curadas, claro*. Não significa que todos os meus irmãos ou irmãs de cor devam seguir esta lógica. Alguns de vocês vão continuar no *front* de batalha, guerreando com as suas armas e da forma que acreditam. **Eu, na minha condição atual, me sinto à vontade para usar a arma do afeto.**

Caro irmão e irmã negra, se nas suas lutas você acha necessário usar a arma da justiça, da indignação, da verdade, vá em frente! Jamais terei a ousadia de criticar qualquer uma de suas decisões. E peço a você que, por mais que as palavras deste livro sejam de difícil compreensão para um coração machucado por muita violência, pense antes de me criticar. Antes disso, entenda que o afeto que expresso ao meu amigo branco é a ponte para que possamos juntos, brancos e negros, salvar as vidas dos nossos irmãos negros mais fragilizados. Porque eu estou convencido de que, **para cada branco no qual conseguirmos despertar consciência neste país, pelo menos 100 negros serão beneficiados.**

Agora eu digo até logo aos meus irmãos e irmãs negras, porque estas páginas não foram escritas para vocês, elas têm um destino certo. **Este livro é para o meu amigo branco.**

DE CHEGADA

Este livro não tem por objetivo ficar fazendo média ou curvas teóricas em cima da situação racial brasileira. Se você está com ele na mão, é porque já deve imaginar o tamanho do problema que nós temos. Mas, se você ainda não consegue visualizar a extensão da bronca, a ideia é que nossas conversas possam abrir definitivamente as cortinas da sua visão. Porém, parceiro, já vou avisando que o cenário que se erguerá não será nada parecido com brincadeira de amigos ou exageros de um monte de negros que gostam de se vitimizar. **Falaremos de vivências reais de dor e de como você tem ajudado a construí-las, mesmo sem perceber.**

Minha ideia não é usar este momento para descrever todas as fragilidades que o racismo causa no povo negro. Isso a gente já conhece. Isso é largamente comprovado por dados do IBGE, por histórias de pessoas em programas de televisão e, mais recentemente, por denúncias em páginas da internet, que ilustram essa realidade. Para não perder o meu tempo nem o seu, não gastaremos páginas descrevendo desgraças. O foco deste livro é mostrar como foram desenvolvidos alguns processos psicológicos e sociais que transformaram você numa pessoa racista, mesmo que não tenha sido essa uma escolha sua.

Minhas análises não foram feitas de cima, como quem estuda o conflito com binóculos e instrumentos desinfetados, mas de dentro do "olho do furacão". Estaremos posicionados na sua arena interna, onde lutam, de um lado, suas heranças familiares e culturais e, na outra ponta, seus próprios desejos e decisões. Quero te dar a mão para caminharmos juntos pela tua própria história, revelando **como o racismo foi se instalando em cada fase da tua vida, desde a primeira infância até chegar à vida adulta.**

Na arena dessa luta, por muito tempo, eu fui o *sparring*, isto é, o cara colocado no meio dos ringues pra tomar porrada enquanto o atleta treina. Sentia na pele os golpes que vinham dos conflitos internos dos racistas, sem conseguir tomar fôlego pra pensar sobre aquilo. Mais tarde, minha posição de jornalista me apresentou outras cenas desse espetáculo. Com o microfone na mão, adquiri uma posição privilegiada para entender a mente de quem executa o racismo no dia a dia. O que descobri apresento aqui em **11 textos**, que mesclam **temas da psicologia, sociologia e até da filosofia, recriados no corpo e olhar de um**

preto brasileiro, que está longe de ser um intelectual. Uma conversa entre amigos, mas de fundamento.

Para o nosso papo não ficar chato, criei as páginas pretas ao final de cada texto, com conceitos que ajudarão a entender o desenvolvimento humano sob o recorte racial. É fundamental que você voe seu olhar até elas e se aprofunde em palavras como eugenia, padrão de comportamento racial, identidade racial, racismo estrutural, racismo recreativo, imaginário, entre outras. Este seu esforço pode ter repercussões em sua postura social. De agora em diante, quando encontrar uma pessoa negra reclamando de algo, talvez não a enxergue mais como alguém repetindo um discurso de vitimização que visa uma vantagem futura. Pode ser que perceba em sua fala reflexos dos ataques de toda uma vida. Não só da vida dela, mas de seus antepassados. Pessoas a quem o Brasil negou o direito a nome, sobrenome, fé, família e um solo pra chamar de seu. Pessoas perseguidas por uma nação que queria ser branca a qualquer custo. Se você conseguir enxergar isso — e isso doer —, meu livro terá cumprido sua função.

Outro ponto a escurecer antes de dar início à leitura é quanto ao objetivo principal deste livro. Não quero acabar com o racismo do mundo, até porque o racismo não está no mundo, ele está nas pessoas. Eu não quero botar fogo nos racistas. Já quis isso e acho legítimo diante da dor que alguns tenham esse sentimento. Eu quero que você aprenda a queimar o

VER PÁGINAS 32 E 33

VER PÁGINA 32

VER PÁGINA 33

racista que mora dentro de você. O racista que está dentro do seu coração. Que muitas vezes se esconde na clandestinidade de amores que protegem sua posição social, ou por trás de opiniões políticas das quais você, muitas vezes, nem conhece o fundamento.

Se este livro está em suas mãos, talvez alguma parte sua seja racista e você nem saiba. Esse conhecimento não me torna mais inteligente do que você. Eu não sou mais inteligente que você por saber disso. Nosso papo não tem nada a ver com inteligência, mas com posição social. A minha posição social, como jornalista e homem negro, criou as condições para que eu acessasse diferentes expressões da dor provocada pelos racistas. Minha grande vantagem — e também fragilidade — é que eu posso não somente ouvir a dor, mas também vivê-la. E por fazer isso há muito tempo, já consigo entendê-la.

Talvez você se surpreenda ao descobrir que as maiores dores do racismo não estão em atos solenes ou ataques frontais da pessoa branca. A dor do racismo é silenciosa e cotidiana. Ela se produz quando você se movimenta socialmente, no simples ato de ir e vir. Quando você se dirige da sua casa para o trabalho. Quando decide visitar seus pais. Quando vai à padaria. Ao longo desses trajetos, você encontra pessoas negras pelo caminho. Você, pessoa de pele clara, talvez nem note, mas nestes movimentos vai destilando o veneno do racismo ao seu redor. Particularmente, eu acredito que isso não é sua culpa, mas é sua responsabilidade. Você precisa fazer algo para mudar. Mas pra isso precisa dar um primeiro e importante passo: **decidir se tornar um aliado na luta antirracista.**

O processo de adesão às fileiras do antirracismo não é simples. **Há que se fazer movimentos de "higiene pessoal"** — moral, cultural, histórica e social — antes disso. Do contrário é como dispor-se a faxinar uma casa estando todo sujo, o resultado será sempre "sujeira pra debaixo do tapete". É possível fazer isso, mas o efeito é falso e não dura. Existe um processo que deve começar dentro de você, dentro do seu coração. Para isso é necessário franqueza, honestidade e um "passo a passo" que você vai colocar dentro da sua vida, dentro mesmo da agenda do seu telefone. Aí nós iniciamos uma jornada que nunca vai ter fim. **Quem nasceu no Brasil vai passar o resto da vida lutando contra o racismo, o do mundo e o autorracismo.** Essa luta é perpétua.

Este livro não pode ser esquecido na estante ao final, você precisa passá-lo adiante. Não porque eu seja um ótimo escritor, mas porque este livro não é mais meu, ele agora é seu. Estas palavras serão suas, pois é da sua história que falaremos aqui. Uma estrada de lembranças, como migalhas de pão em uma floresta escura, que vão te levar até a frente do espelho e aí, quem sabe, você possa dizer ao seu Eu íntimo: *Nós vamos ter que mudar. O racismo está nos destruindo.* Sim, porque ao longo de nossas conversas, você verá que, se o racismo causa mazelas e destrói o povo negro, o que ele faz com o povo branco não fica pra trás. O que vocês perderam e renunciaram a fim de perpetuar o racismo é incomensurável também.

Seja bem-vindo a essa guerra. Vamos dar adeus ao racista. Que mora dentro de você.

PÁGINA PRETA

VER
PÁGINA 29

O QUE A ESCRAVIDÃO TIROU DOS PRIMEIROS NEGROS NO BRASIL?

Ao embarcar nos navios negreiros em África, os escravizados eram batizados por um padre que lhes dizia seu novo nome (Pedro, Paulo, Tiago, geralmente bíblicos) e lhes entregava um pedaço de papel com o nome que deveriam decorar. Aqui chegando, recebiam o sobrenome de seus Senhores. Também eram separados de suas famílias na viagem para cá, e os que conseguiam vir com algum familiar o perdiam nos leilões de escravos. Quanto à fé, eram perseguidos na sua religiosidade, sendo obrigados a associar seus orixás com santos católicos, para poder louvá-los às escondidas (GOMES, 2019; ROMÃO, 2018).

PÁGINA PRETA

ESCURECER A CONVERSA

VER
PÁGINA 29

Você já parou pra pensar que, quando queremos deixar algo limpo, objetivo e bem compreensível, usamos sempre termos como "claro" ou "esclarecer"? E que, quando queremos falar que algo é ruim, feio ou mau, usamos termo como "passado negro", o "negócio tá preto", "ovelha negra"?

Isto é o que muitos autores têm chamado de "racismo nas palavras" (RECH, 2015). Um vocabulário que associa a cor negra a um tom negativo e reforça que o belo e bom pertencem às cores claras. "Escurecer a conversa" é nosso objetivo neste livro, isto é, deixá-la bem bonita e objetiva, sem abrir mão de sua negritude.

BRASIL: O PAÍS QUE QUERIA SER BRANCO

Uma primeira questão que a gente precisa entender para escurecer o terreno da nossa conversa é: **O que é este país que está vivendo isso?** O Brasil não é qualquer país, é o maior da América Latina e aquele que possui a maior quantidade de negros fora do Continente Africano (GOMES, 2019). É um formador de opinião na questão racial. Apesar de aparentemente seguir sempre a reboque dos Estados Unidos, somos nós que dizemos como o mundo vai se comportar com a pele escura. Em termos de consumo, nós somos considerados o quarto maior mercado mundial, atrás somente dos EUA, China e Índia (WORLD BANK, 2018). Logo, quando falamos de países com a nossa densidade demográfica e identidade populacional, é importante pensarmos: **Por que o racismo aqui é tão forte? Por que é tão difícil para esta nação desconstruir a necessidade de inferiorizar outras pessoas pela cor da pele?**

A resposta destas perguntas passa pela compreensão de que **o Brasil não foi formado para ter pessoas negras morando nele**, por mais absurdo que pareça esta afirmação. Quando os portugueses chegaram às nossas terras, pensaram este território como um braço de Portugal, uma extensão da Europa, e não "O Brasil" — como o país de um povo diversificado — ou, menos ainda, uma "mini-África". Essa intenção estimulou políticas públicas que, ao longo dos séculos, tiveram por objetivo fragilizar outros grupos étnicos, como os indígenas e, posteriormente, os africanos e seus descendentes.

A decisão de eliminar os negros da nação brasileira apoiou-se em uma palavra muito importante que, mesmo que você não conheça, determina sua relação e de seus familiares com os negros até hoje. A palavra é eugenia. No século XIX, esse foi o nome dado a uma doutrina científica que acreditava que algumas raças eram mais desenvolvidas, enquanto outras eram frágeis e defeituosas. No Brasil, a teoria embasou um processo de busca do embranquecimento da população, isto é, uma higiene social que criou leis e políticas públicas estabelecendo como a pessoa negra deveria ser tratada. Assim, governantes, jornalistas e médicos, entre outros grupos com poder de decisão, esperavam eliminar as "raças fracas" para que o país se tornasse uma nação forte e competitiva.

No Brasil, a ideia científica da eugenia funcionou apenas como a cereja do bolo ou um chapéu que en-

VER PÁGINA 42

caixou bem em um processo de anulação do negro, que já vinha sendo gerado desde o tempo da Escravidão. Prova disso é a Lei de Terras, de 1850 — portanto, anterior à criação da eugenia como ciência —, que impedia que a terra fosse apropriada pelo trabalho. A lei desalojava os poucos negros que haviam conseguido ocupar um pedaço de chão, ao mesmo tempo que previa subsídios aos colonos europeus que pra cá viessem atrás de terra. Nesse ponto você poderia estar se perguntando: Por que a preocupação em embranquecer o povo tornou-se tão importante a ponto do Brasil oferecer terra para estrangeiros?

É fundamental entender que os portugueses começaram o seu processo de tráfico de escravos por volta de 1535 e o Brasil só veio a abolir a Escravidão em 1888, sendo o último país do mundo a fazer este movimento. Durante esse período — aproximadamente 350 anos —, foram trazidas mais de 6 milhões de pessoas de África (GOMES, 2019). Pessoas que ingressaram no Brasil na condição de escravos e que, nessa condição, tiveram que inventar formas de sobreviver. Hoje seus descendentes são quase ==110 milhões de brasileiros e representam 56% da população==. Ou seja, aqueles 6 milhões se multiplicaram em 20 vezes seu número inicial, mesmo com todas as tentativas de extermínio. Processo que Conceição Evaristo resumiu em uma frase: "Eles combinaram de nos matar, mas nós combinamos de não morrer."

> VER PÁGINA 43

Em minha opinião, a ordem de eugenia dada pela Coroa Portuguesa em meados de 1850 ainda está vigente. Pare de ler um pouco e olhe à sua volta.

Quantas pessoas negras você vê em cargos de liderança?

Quantas pessoas negras você vê em atividades de limpeza, domésticas e subalternas?

Este cenário desigual, onde as cores dispõem os personagens, é resultado da ordem eugênica dos tempos do Império. Nas entrelinhas de muitas leis e discursos, percebe-se uma única orientação: **em momento algum de suas vidas, as pessoas negras poderiam almejar ou alcançar ascensão social, pois precisavam entender que esse país não era seu lar.**

Esse projeto de poder se perpetuou como a ordem natural das coisas. Se essas pessoas quisessem mudar sua condição, elas que lutassem. Hoje, 130 anos depois, essa luta não é só minha enquanto homem negro, ela é sua também. Olhando pra trás, podemos facilmente perceber que a pele negra não foi a única atingida pelos estilhaços de uma bomba plantada com os primeiros navios negreiros, no século XVI, e acionada no século XIX, com a firme decisão política de eliminar os negros do país para "clarear" nosso povo.

Essa bomba explode diariamente, nos tornando o país com o maior número de homicídios absolutos, com aproximadamente 57 mil pessoas assassinadas em 2018, das quais, pelo menos 74% são jovens negros. Seus estilhaços estão na sensação de insegurança de moradores que, para lidar com o risco constante de roubos violentos, contam com a polícia que mais mata no mundo, com mais de 6 mil homicídios em 2018 (Anuário FBSP, 2019). Os conflitos da "Casa Grande e Senzala" hoje se espalham pelas ruas e esquinas, pelo morro e o asfalto, pelos palácios de governo e pelas prisões.

VER PÁGINA 44

Acredito que você não concorde com o racismo, mas precisa encontrar a trilha de migalhas que pode levar até a saída do labirinto. Não te prometo a saída, mas confio que, depois de nossa conversa, o caminho será menos assustador. Aquilo que entendemos como beleza, crime, família, afeto, sexo, medo, mérito, alegria, tristeza e muito mais tem racismo em sua estrutura e pode ser repensado.

A partir de agora, apague a luz e venha comigo palas curvas tortuosas dessa história, que é a sua própria história. Posso garantir que a escuridão não vai devorar você.

PÁGINA PRETA

VER PÁGINA 38

EUGENIA

A palavra eugenia tem origem grega e significa "bem-nascido". Ela inspirou a doutrina eugênica, que nasce na Europa (segunda metade do século XIX), de acordo com as ideias de Charles Darwin. Essas ideias preconizam que as raças mais evoluídas devem suplantar as mais frágeis, buscando uma raça superior.

No Brasil, essa doutrina embasou a busca do embranquecimento. Um exemplo é a lei nº 7.967 de 1934, que dizia que "na admissão de imigrantes, as características mais convenientes de sua ascendência europeia seriam preservadas." Já Nina Rodrigues, psiquiatra eugenista, afirmava que "os negros africanos pertencem à outra fase do desenvolvimento intelectual e moral. São populações infantis." (RODRIGUES, 1957). No séc. XX, Ligas de Higiene Mental estimularam políticas discriminatórias, como a esterilização de mulheres pobres e negras, comprovada pela CPI da Laqueadura em 1990. (https://www2.senado.leg.br/bdsf/handle/id/85082).

Sugestão de leitura: DIWAN, P. *Raça Pura: uma história da eugenia no Brasil e no mundo*. SP: Ed Contexto, 2007.

PÁGINA PRETA

PERCENTUAL DE NEGROS NO BRASIL

VER PÁGINA 37

O IBGE considera NEGROS a soma das pessoas autodeclaradas PARDAS, que hoje são 89,7 milhões de brasileiros (46,8%), às que se declaram PRETAS, hoje 19,2 milhões de pessoas (9,4%). Logo, o Brasil tem uma população de 108,9 milhões de pessoas negras ou 56,2% do total (IBGE, PNAD, 2019).

PÁGINA PRETA

VER PÁGINA 41

CASA GRANDE E SENZALA

Metáfora criada por Gilberto Freyre em 1933 (em livro homônimo), que se refere à divisão social entre Casa Grande (centro de poder do senhor de engenho) e Senzala (lugar de opressão dos escravos) como organizadora das relações raciais no Brasil. Algumas características desse modelo seriam o patriarcalismo, a Escravidão, a mestiçagem e a sobreposição das esferas privadas às esferas públicas gerando relações institucionais promíscuas, como por exemplo, "Você sabe com quem está falando?". O livro recebeu críticas do movimento negro, por estimular o mito da democracia racial no Brasil (PINTO, FERREIRA, 2014).

DESDE PEQUENI- NINHO

Quando decidimos arrancar o racismo de dentro de nós, a grande dificuldade é localizá-lo. Porque o racismo é, em um primeiro momento, imperceptível para quem o executa. Ele se embrenha na floresta confusa de nosso verniz social. Fica ali, discreto, sorrateiro, sob camadas de piadas, brincadeiras e afetos tortos, que constituem nossos comportamentos mais cotidianos. Quando conseguimos identificá-lo — e vejam que apenas alguns conseguem —, percebemos que ele está enrolado na artéria aorta da nossa identidade humana.

Quem já estudou um pouco de oncologia sabe que, quando as células do câncer localizam-se em uma artéria principal, seja aorta, femoral ou qualquer outra artéria importante, extirpar um câncer pode significar a morte do corpo. Para enfrentar um inimigo tão ardiloso, os médicos prescrevem sessões semanais de quimioterapia, para gradativamente eliminar as células cancerosas. O remédio precisa ser dividido em pequenas doses, com o intuito de preservar o doente, já que o medicamento pode ser tão brutal quanto a própria doença. Em alguns casos, no entanto, as células cancerosas se integram ao organismo de tal maneira, que sua remoção pode acarretar a morte do paciente.

A metáfora do câncer, uma doença tão característica das sociedades modernas, é ótima para entender o funcionamento do racismo no Brasil de hoje. Em alguns de nós, o racismo está tão enrolado na nossa identidade social, moral, na nossa visão de mundo, que não se consegue tocá-lo sem provocar uma hemorragia. Você precisa definir se este é o seu caso. Se for, não estaremos apenas falando em botar fogo em seu racista, mas também correndo o risco de transformá-lo em uma espécie de *walking dead*, para sempre em coma induzido, por não ter sido possível incinerar alguns comportamentos. A melhor forma de fazer este diagnóstico passa por um exercício dialógico com suas memórias infantis e juvenis. Pare e pense:

Quem foi que te ensinou a ser racista?

Em que ponto da sua vida você aprendeu a ser racista?

Essas questões são fundamentais, porque sabemos que ninguém nasce odiando ou desprezando o outro pela cor da pele. A personalidade racista é uma construção que se dá ao longo do desenvolvimento humano. Partindo do viés de uma visão psicossocial, torna-se necessário **identificar as curvas dos ambientes sociais em que vivemos, que semearam, regaram e adubaram o nosso racismo interior.** Para que nossa análise tenha algum sucesso, é importante retornar até o momento do nascimento e reencontrar os primeiros ambientes de interação socioafetiva.

Para aquecer os motores, pense:

Quem eram as cinco pessoas mais próximas de você até os seus 10 anos de vida?

Que tipo de relação você tinha com seu pai e com sua mãe?

Qual era a identidade social do ambiente em que eles estavam?

Eles habitavam e interagiam com pessoas negras naquele contexto?

Era-lhes permitida essa interação? Ou, então, eles desejavam esta interação?

A partir do cenário infantil minimamente reconstruído em forma de memórias e imagens, você pode se atrever um pouco mais rumo a um escurecimento do seu passado:

Você se lembra da primeira vez que viu uma pessoa negra?

Qual foi a primeira pessoa negra que começou a interagir com você?

Você se lembra do papel social que ela desempenhava?

O processo de construção destas questões — e a obtenção de respostas pessoais — nada mais é do que a tentativa de reconstruir sua primeira infância, etapa do desenvolvimento humano que vai de zero aos seis anos e é crucial na formação cognitiva, psíquica e moral de qualquer ser humano.

A primeira infância se divide em duas fases importantes: uma que vai do zero aos três anos de idade, que é quando o bebê descobre, por interação com o universo em torno dele, que não é a extensão do corpo materno (e forma grande parte de seu cérebro nesta descoberta) e outra que vai dos três anos até os seis, sete anos de idade, quando a criança desenvolve suas primeiras relações de poderes e obrigações no mundo. Nessa época, ela começa a localizar e definir papéis sociais: quem é o pai, quem é a mãe, quem é irmão, quem é amiguinho, quem está acima, abaixo ou ao lado dela numa grade de poder. Por isso, leitor, é preciso ir um pouco mais além e responder:

Neste processo de interação e construção, onde é que você estava, racialmente falando?

Qual o universo social que você ocupava na sua infância?

Se você não possui lembranças completas ou ricas desta fase da vida, saiba que é natural. Nosso cérebro seleciona informações e cria bloqueios por necessidades de espaço de armazenamento ou próprias ou por questões emocionais (traumas, por exemplo). Sendo assim, é importante que você pergunte para as pessoas que participaram de sua criação, até mesmo para evitar algumas contaminações de memórias afetivas que as vivências infantis produzem. Questione:

Havia alguma pessoa negra circulando por sua casa ou entorno? Se havia, qual era seu papel?

Ou ainda, por que não havia uma pessoa negra na sua casa ou entorno?

As relações que você desenvolveu nesse período determinaram um padrão de comportamento racial. Isto é, uma forma relativamente estável de se relacionar com pessoas negras que têm raízes nas suas vivências infantis, muitas já em nível subconsciente. A questão a investigar é se você perpetuou o aprendizado daquela época, ou se você conseguiu abandoná-lo no meio do caminho. A esta pergunta só você poderá responder e essa pesquisa só você poderá fazer. Mas lembre-se sempre: **a partir do momento em que você compreender o papel que as pessoas negras ocuparam em seu passado, poderá entender o papel que as pessoas negras ocupam hoje em sua vida.**

PÁGINA PRETA

VER
PÁGINA 49

PRIMEIRA INFÂNCIA

A primeira infância é a fase do desenvolvimento humano que vai do nascimento até os 6 anos de vida, quando há um intenso desenvolvimento neuropsicológico. Nesta época, a criança cria o senso de confiança e os primeiros laços de pertença a um grupo. Também é o momento em que começamos a perceber diferenças na aparência das pessoas, como a cor de pele, por isso os adultos devem estar atentos e orientar sem explicações preconceituosas (UNICEF, 2020).

MANOEL SOARES

PÁGINA PRETA

PADRÃO DE COMPORTAMENTO RACIAL

VER PÁGINA 50

Ao conviver em uma realidade estruturalmente racista, a criança tem a ilusão de que negros, indígenas e brancos devam ocupar lugares diferentes na sociedade. Do lado das pessoas brancas, ocorre a naturalização da desigualdade, isto é, a pessoa deixa de perceber que há uma hierarquia racial construída. Estes processos formam um padrão de comportamento racial associado ao que chamamos de branquitude, que é quando uma pessoa olha para outra a partir de um lugar de conforto, para criticá-la, mas essa crítica não é dirigida a si, pois ele se vê como o cidadão universal (FRANKENBERG, 1999).

O PRETO DA ESCOLA

A escola é o segundo ambiente mais importante na socialização do indivíduo, depois da família. Para além do estudo de letras e números, é na escola que você aprendeu a viver em grupo, a dividir, a respeitar limites e, sobretudo, a reconhecer e tratar diferenças. No entanto, a experiência escolar é uma para pessoas de pele clara e outra, muito diferente, para as pessoas de pele escura.

Quando você ingressou na escola, consegue lembrar se havia pessoas negras no contexto em que estudava?

As pessoas negras eram bem posicionadas dentro da sociedade escolar, ou ocupavam lugares subalternos, como a "tia da merenda", o porteiro, a faxineira ou mesmo aquele coleguinha discriminado?

O ingresso na escola inaugura o período da segunda infância, que se estende aproximadamente dos seis anos até a puberdade. Nesta época os professores adquirem uma importância muito grande na vida das crianças, influenciando a forma como compreendem o mundo à volta delas. Para nossas análises, é importante focar também na forma como você se relacionava com seus colegas de sala de aula e, especialmente, na maneira como tratava os outros e era tratado pelo grupo nos momentos de descontração. É bem possível que essas "brincadeiras de criança" tenham esculpido comportamentos de distinção que você carrega até hoje.

Essas memórias não são facilmente acessadas. Você vai precisar buscá-las em fotos ou em conversas com seus pais, tios e avós. Conforme você observa suas fotos da escola e, caso acesse relatos da época, poderá fazer um mapeamento da ==identidade racial== que foi impressa sobre você e sobre seus colegas, mesmo de maneira inconsciente. Há algumas precauções de método para esta investigação. Ao se aproximar de seus familiares para ouvir histórias do seu tempo de escola, você deve levar em consideração que o ==racismo estrutural== poderá permear as narrativas, mesmo que elas venham apresentadas sob a legenda do não racismo. Você precisa levar isso em conta quando fizer suas análises, para que os depoimentos não se tornem balizadores absolutos de sua história.

Também é importante que estas conversas não sirvam para produzir culpabilizações de seus familiares. A partir do seu amadurecimento, e este livro gostaria muito de contribuir para isso —, você vai identificar

VER PÁGINA 65

VER PÁGINA 66

em pessoas que você ama um comportamento racista. Vai ver que alguns de seus maiores exemplos de vida são racistas e que, assim como você, talvez não percebam isso. É algo naturalizado na forma de pensar, agir e sentir. Por isso, é preciso tranquilidade para conduzir esse momento. Nós já falamos no texto anterior que, em muitos casos, o racismo está enrolado na artéria aorta da identidade humana. Logo, derrubar um conceito racista pode significar a destruição de alguma mensagem importante que seus avós, tios ou outra pessoa amada deixaram na sua vida. Nem todos estão disponíveis a desconstruir essas marcas, pois elas podem abalar o edifício afetivo erguido em torno dos seus ancestrais.

Talvez você ache que eu estou exagerando. Isto porque você não memorizou alguns processos infantis como atos racializantes, mas existe um grande conteúdo de informações desta época, que está guardado no seu subconsciente, pronto para se associar aos atos de racismo do seu presente.

VER
PÁGINA 67

Quer ver como o que eu digo tem sentido? Provavelmente, você não se lembra mais das regras de equações de 2º grau ou das siglas da tabela periódica, nem consegue reproduzir de imediato a fórmula de Bháskara. Mas provavelmente seu subconsciente registrou a forma como seus colegas reagiram ao cabelo crespo de certa colega quando ela entrou na sala de aula ou chegou à festinha da escola. Ou, então, pode ser que seu cérebro tenha registrado que um determinado menino negro jogava melhor futebol, mas que, mesmo assim, você não gostava de sentar perto dele.

Esses tipos de informação acabam alimentando o mapa de imagens e sensações do que chamamos de identidade racial. Esses eventos do passado não tiveram necessariamente o objetivo de promover o racismo, nem de fazer de você um racista consciente. Mas, com certeza, esses momentos forneceram lembranças sensíveis, que mais tarde se associariam a indivíduos de carne e osso, tipificando as pessoas que seu cérebro entendia como parecidas entre si. Como resultado desse processo, imagens pejorativas passaram a ser projetadas em grupos de pessoas com características semelhantes, criando assim na sua mente uma identidade de grupo, com um desenho mais sólido de outras pessoas que seu cérebro entendia como parecidas. O resultado é que imagens pejorativas passaram a ser projetadas em outras pessoas com características semelhantes, criando uma identidade de grupo.

Quando revisitamos nosso período escolar e começamos a entender como reconhecíamos e distinguíamos indivíduos, podemos dar um *reboot* no sistema. *Reboot* é um termo em inglês para um processo que se faz em aparelhos de telefone ou computadores para reiniciá-los e limpá-los quando já não funcionam bem, geralmente por excesso de vírus. Não se trata de uma tarefa fácil, porque estruturas cognitivas e morais podem desmoronar e o barulho assustar. Isto pode fazer com que você dê meia volta no processo e assuma o argumento racional de negar o racismo, com algo do tipo: *Na verdade, não foi bem assim, era só brincadeira de criança.* Ocorre que, pelo que vimos até aqui, o racismo não é um processo meramente consciente ou racional, mas muito emocional e inconsciente. Siga em frente.

Vou escurecer este argumento com uma história minha que talvez facilite seu entendimento. Nos tempos de escola, eu era um péssimo jogador de futebol. Minhas pernas e pés eram grandes e, quando tentava acertar a bola, eu errava e geralmente acertava nas pessoas. Não tinha nenhuma função no time em que eu fosse útil. No ataque, na defesa, no gol, em todos os lugares, eu era sempre uma negação. A mesma linha disso é que era sempre o último a ser escolhido. A disputa ficava entre mim e um colega que usava uns óculos fundo de garrafa. Ninguém queria escolher o garoto, porque sempre havia o risco da bola bater no seu rosto, quebrar os óculos e furar seus olhos. A disputa final sempre terminava entre nós dois e, mesmo assim, eu nunca era o escolhido. Meus coleguinhas preferiam correr o risco de furar os olhos de uma pessoa a deixar que eu fizesse parte de um time.

Até que um dia eu resolvi treinar futebol. Treinei, treinei, até acreditar que havia alcançado níveis elevados de futebol que poderiam me colocar na Seleção Brasileira. Aí comecei a espalhar na escola que sabia jogar futebol. Um belo dia, surgiu a oportunidade de um jogo e, no processo de escolha final entre mim e meu colega de óculos, resolvi argumentar. Disse que agora eu jogava bem, que tinha mãos grandes e por isso podia ser um ótimo goleiro. Também podia ser um bom zagueiro, porque minhas pernas eram fortes e poderia derrubar quem tentasse fazer gol. Do outro lado, o coleguinha que escalava o time repetia que eu não jogava. Eu argumentava mais um pouco, com belas proposições. Ele insistia que não me queria no time. Eu falei que ele estava errado, que poderia provar se me desse uma chance. Até o momento em que ele não teve mais argumentos e disse: **Eu não quero você no meu time porque você é preto.** Quando ele falou isso, se instaurou um silêncio entre nós e foi nesse silêncio que ele aproveitou para pegar meu colega com óculos fundo de garrafa e meter no time.

Por mais que nós fossemos crianças, meu coleguinha sabia que o argumento "não quero você no meu time por que você é preto" era impossível de refutar. *Xeque-mate*! Eu não teria como contra-argumentar. Eu não conseguiria ficar branco de uma hora para outra. Nesse momento, percebi o que venho explicando para vocês desde o início deste texto: já havia uma identidade racial tatuada na cabeça dele sobre quem ele era e outra, bem diferente, imposta sobre o meu ser. Hoje, relembrando esses acontecimentos, dou-me conta de que, em momento algum, fui capaz de me proteger do menino nem de alegar que seu

VER
PÁGINA 65

argumento não fazia o menor sentido. Simplesmente sentei e me calei, como quem fez algo errado e precisa engolir a prova disso, no seco.

Revisitando o meu período escolar, consigo lembrar outras histórias que falam de uma identidade racial mal negociada e imposta de fora para dentro. Certa vez, fui pintar um desenho de Jesus Cristo e escolhi o lápis de cor marrom. De imediato a professora tomou o papel da minha mão e disse que Jesus não era marrom, mas da cor bege. Levantei o rosto pra imagem sobre a mesa dela e, de fato, percebi que o santo era da cor bege. Do outro lado, o diabo a que este santo fazia antagonismo parecia um pouco mais marrom.

VER PÁGINA 65

Reencontrar minhas memórias escolares me faz pensar que o mundo sempre disse que eu tinha a cor errada, impura e suja. Mas não dizia isto só pra mim, espalhava a notícia para meus colegas também. E se por um lado, o racismo me prejudicou, certamente também lesou meus colegas, pois construiu neles uma visão equivocada das pessoas, dividindo sujeitos bons e ruins pela cor de pele.

Talvez você que está lendo esse livro seja um desses meus colegas que teve a visão mal construída. Hoje, muito tempo depois, você pode se surpreender com a autoria desse livro e dizer: *Nossa, olha aquele meu colega, ele virou escritor. Que bacana.* Neste momento é comum que ocorra uma ressignificação das coisas, dos símbolos, da minha pessoa. Todo processo de exclusão, de não escolha (*Pro time de futebol, poxa!*), todas as experiências que colegas e professores de pele clara me fizeram viver, podem desaparecer de sua memória. Podem ser substituídas por imagens positivas deste meu tempo presente, de quem eu me tornei, apesar de tudo.

O que eu peço a você, caro leitor ou leitora, é que, então, aproveite estas cortinas abertas e avance mais neste processo de ressignificação. Ela precisa ser um pouco mais profunda. É necessário que você consiga olhar para o médico, o gerente de banco e até para o menino negro de boné que anda numa noite escura, sem que eles acionem em sua mente uma resposta automática de perigo ou de subserviência. Quando isso começar a acontecer, primeiro de maneira consciente e depois de forma inconsciente, **aí a gente estará, de fato, apontando a arma pro seu racista. E talvez ele esteja a caminho de morrer.**

PÁGINA PRETA

IDENTIDADE RACIAL

VER PÁGINA 58

Estudos da genética afirmam que a espécie humana é uma só, mesmo diante da diversidade de fenótipos. Se com base no DNA não é possível definir quem é branco ou negro, então a identidade racial é algo que se constrói socialmente (OLIVEIRA, 2004). Desde o nascimento, as atitudes dos outros em relação a si nos ajudam a criar um desenho mental sobre "o que sou eu" e "o que é o outro". Esta lógica pode ser imposta como diz Djamila Ribeiro (2019): "Me descobri negra na escola. Na família não recebia tratamento diferente pela cor de pele. Logo, eu não tinha cor." As interações também informam o valor social das pessoas conforme as características corporais.

PÁGINA PRETA

VER PÁGINA 58

RACISMO ESTRUTURAL

Segundo Sílvio Almeida (2018), no Brasil o racismo não é uma atitude individual ou prática institucional isolada, mas parte de nossa estrutura social. Como herança da mais longa escravidão do mundo, ele impede ou dificulta o acesso de pessoas negras a lugares de poder, como cargos de chefia. O racismo estrutural não depende da intenção de uma pessoa em praticar o racismo, pois ele se manifesta constante e inabalável, na estrutura social. Combatê-lo com atitudes concretas é propósito dos movimentos antirracistas. Logo, a intenção a ser construída é a de seu combate, com atitudes antirracistas.

PÁGINA PRETA

SUBCONSCIENTE, INCONSCIENTE E CONSCIENTE

VER PÁGINA 59

As esferas consciente, subconsciente e inconsciente foram descritas por Freud (1900), criador da psicanálise. O CONSCIENTE reuniria as imagens e ideias que você tem de si e do mundo e consegue acessar facilmente; o SUBCONSCIENTE reúne memórias de longo prazo e crenças pessoais que vêm em forma de impulsos e hábitos; por fim, o INCONSCIENTE é o cérebro mais primitivo e que não é racional (LYRA, 2007).

Exercício: *Pergunte a um grupo qualquer se existe racismo no Brasil. Logo em seguida pergunte quem no grupo é racista. Verá como são discrepantes as respostas e entenderá que há muito racismo pessoal não consciente.*

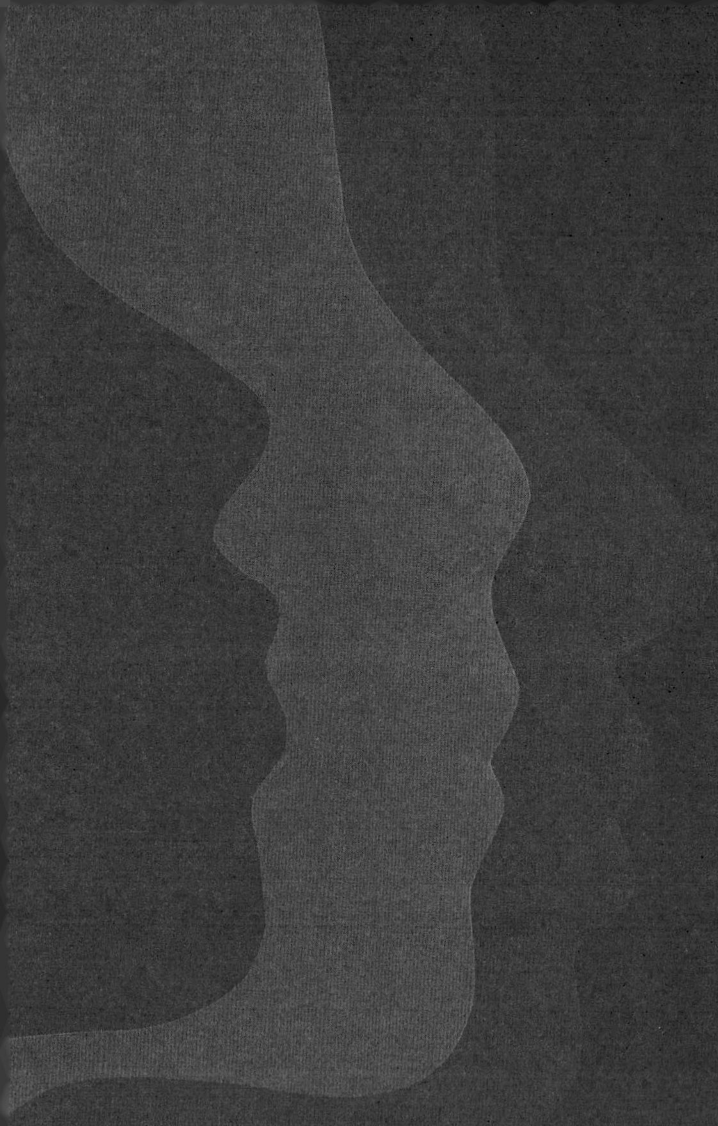

TÁ RINDO DE QUÊ?

O ambiente cultural brasileiro é uma usina produtora de argumentos que te levam a pensar que você não é racista, mas apenas um produto do sistema. **"A culpa não é sua"**, é o letreiro luminoso destes argumentos. Como diz aquela música da Jovem Guarda "Eu sou rebelde porque o mundo quis assim". Logo, **"Eu sou racista porque o mundo quis assim". Ou ainda: "Eu sou assim porque o mundo quis assim."** A última versão desta frase você viu que suprime a palavra *racista*.

Aviso que você deve resistir a essas duas tentações. Tanto a de ceder aos argumentos coletivistas, que retiram a responsabilidade do indivíduo, como a de evitar frases e argumentos que suprimam a palavra *racismo* ou *racista*. Os personagens principais de nosso debate devem sempre estar na sala e você deve ter coragem de mirá-los nos olhos.

Nos mais diversos dilemas morais, sejam públicos ou privados, **o movimento automático do sujeito é caminhar em direção a sua absolvição, como o girassol procura o sol.** Não só se aproximar da absolvição, mas lutar por ela. *Afinal, que sentido teria o mundo, se buscássemos a nossa própria condenação?* Seria o mesmo que chegar perante um juiz e declarar: "Sou culpado, pode mandar me prender". Isto é praticamente um suicídio penal. O ser humano é guiado por instintos primitivos, como os de defesa que visam preservar a vida dos ataques inimigos. Se levarmos em consideração tudo o que se fala hoje em dia sobre o tema racial, uma autodeclaração de racismo equivale ao início de um processo de autodestruição. Ninguém quer fazer isso nem física e nem simbolicamente.

Precisamos lembrar a metáfora que usamos no início de nossa conversa: **estamos tentando retirar um tumor do seu corpo, o câncer do racismo.** Daí que todos nossos movimentos até aqui têm sido no sentido de identificar sua extensão, fazer uma biópsia sobre sua capacidade de metástase e, por fim, começar a receitar algumas quimioterapias de pensamento dialético. Isto é, perguntas e respostas que o ajudem a pensar, com base na sua história.

É importante lembrar que esse processo de remoção pode afetar significativamente algum órgão vital, sendo natural que o paciente receie tal procedimento. Seu cérebro pode argumentar que "não é bem assim, deixe esse pedaço por aí mesmo ou você vai ficar com sequelas para sempre." A maneira como sua mãe se referiu à empregada, a forma como o seu primo se referiu à menina negra que queria namorá-lo, aquele meme engraçado que você recebeu no grupo de *WhatsApp* sobre o "negão da piroca" não eram práticas de racismo, mas somente brincadeiras. Esse é o movimento automático da sua mente, como já explicamos. Mas esses movimentos são um bom exemplo de um grande dilema brasileiro: **os diferentes trajes que o racismo usa em nossa sociedade para se camuflar.**

No Brasil, uma das roupagens mais comuns do racismo é o que chamamos de racismo recreativo. São aqueles casos em que, aparentemente, você "só faz uma piada" ou, então, "apenas ri" de uma piada racista contada por outra pessoa. *Pô, tava só tirando uma onda. Quer dizer que não se pode mais brincar? O mundo está muito sensível.* Mas eu garanto que existem exercícios que você pode utilizar para tentar desconstruir essa diversão baseada na cor da pele. Se você tem mais de 30 anos, a minha recomendação é que feche o livro, guarde-o na estante e vá para o YouTube. Aí digite "Trapalhões" e assista a, pelo menos, cinco episódios desse programa humorístico que fez tanto sucesso na televisão brasileira entre os anos 1980 e 2000. Mas selecione aqueles episódios em que o personagem Mussum estava presente. Depois de assistir, res-

VER PÁGINA 77

ponda à pergunta: **você gostaria de estar no lugar do Mussum?**

Um detalhe é importante neste nosso exercício pedagógico. Ao analisar as relações entre os amigos Trapalhões, Didi, Dedé, Zacarias e Mussum — este último o único negro —, você vai perceber que o personagem Zacarias era tão sacaneado quanto o Mussum. Porém, a diferença não está na quantidade de sacanagem sofrida, mas no impacto delas quando se conectam com o mundo real. Zacarias não possuía características de pessoas que foram escravizadas. Não tinha a cor de pele de quem morava em favelas, nem a de quem não tinha emprego. Sendo assim, estava sensivelmente melhor posicionado na sociedade brasileira que Mussum, o trapalhão negro. Piadas não doíam tanto na pessoa da plateia que se parecia com o Zacarias, e que porventura se identificasse com ele. Depois do espetáculo de humor, esta pessoa podia entrar em seu carro, ir pra faculdade, passear, enfim, circular incólume pela sociedade. Quem parecia com o Mussum, não.

VER
PÁGINA 78

Você precisa saber que há uma corrente do humor que se fundamenta sobre a categoria de ==fragilidades estéticas==, isto é, apoia-se em sinais corporais não compatíveis com o modelo dominante de beleza ou saúde, para produzir o riso. Logo, quando as pessoas concordam entre si que o fato de ser negro constitui uma fragilidade estética, estão fortalecendo a narrativa do racismo que já nos acompanha como sociedade. É nesse momento que a piada se torna uma experiência de catarse, isto é, de liberação ou explosão de instintos que estavam forçadamente reprimidos pelas exigências do verniz social. Para enfrentar este cenário ambíguo de humor e ódio, sugiro outro exercício pedagógico que pode evitar que você reproduza a violência racial por engano. Toda vez que se deparar com um meme, piada ou vídeo engraçado que envolva seres humanos questione-se: *Eu gostaria que minha mãe fosse o alvo dessa história? Ficaria confortável em assistir minha mãe ou outra pessoa que amo muito no papel de protagonista desta piada?*

Exercícios como o de assistir aos Trapalhões, ou de projetar a piada recebida sobre pessoas que amamos, nos levam a um processo de responsabilização. Neste ponto é importante entender que, quando se trata de racismo, não devemos pensar em *culpa*, porque *culpa* é um sentimento que não ajuda nestas situações. Pelo contrário, ou ele nos frustra, ou nos revolta. Em vez disso, devemos pensar *qual é a nossa responsabilidade diante do material recebido*. Rir, em uma situação de racismo recreativo, é ser parte do problema. Ficar em silêncio em uma situação dessas também é contribuir para sua reprodução. Em vez disso, crie o hábito de educar outras pessoas brancas sobre práticas antirracistas.

Mas como posso contribuir para conscientizar outras pessoas sobre sua responsabilidade em atos

VER PÁGINA 78

VER PÁGINA 77

de racismo recreativo? Para isso, sugiro que você não se posicione como alguém detentor de um saber supremo, que sabe o que é o certo ou errado e que teoriza sobre isso. O campo do humor negocia muito mal com o campo da moral e da ética, pois seu objetivo é justamente transgredir algumas regras, e assim permitir momentos de catarse das tensões sociais. Faça diferente: ao invés de dissertar, faça perguntas a quem lhe enviou a piada. Pergunte apenas se o humor que ela usou não possui um tom um pouco racista. É possível que você receba reações o acusando de pertencer à patrulha do politicamente correto. É nessa hora que você pode dizer: *Eu não gostaria que isso fosse feito com a minha mãe, mas se vocês acham correto, tudo bem.* Pode ser que você não resolva a situação, mas colocará a pulga da dúvida antirracista atrás de muitas orelhas.

Não podemos nos deixar envolver pela "alegria" gerada pelo preconceito racial, porque essa "alegria" é venenosa e tóxica para todos. Nunca esqueça, amigo leitor: é preferível a serenidade ou a tristeza antirracista do que a risada e a euforia racista. Se entendermos isso, caminharemos para uma felicidade justa. Sim, porque felicidade sem justiça não é felicidade real, é covardia.

PÁGINA PRETA

RACISMO RECREATIVO

VER PÁGINA 73

É um mecanismo cultural que propaga o racismo através de piadas que passam a ideia de desprezo ou condescendência a alguns grupos raciais. Por outro lado, permite que pessoas brancas mantenham uma imagem positiva de si mesmas. Logo, pode ser entendido como "um discurso de ódio travestido de humor" (MOREIRA, 2019). Além disso, ao demonstrar que é possível brincar sobre características pejorativas (Ex.: os negros têm membros sexuais gigantes), esse tipo de humor demonstra que o racismo não tem relevância social, que não é preciso ter cautela quando se trata de atacar um preto ou preta.

Sugestão de leitura: MOREIRA, A. *Racismo Recreativo*, SP– Ed. Pólen, 2019.

PÁGINA PRETA

VER
PÁGINA 74

CATARSE NO HUMOR E FRAGILIDADE ESTÉTICA

O riso desempenha um importante papel mediador dos preconceitos, porque está inscrito na fronteira entre o psíquico e o social, o consciente e o inconsciente, o jocoso e o sério. O riso permite a catarse de preconceitos, latentes, driblando a censura e a crítica geradas pelo tema, produzindo assim satisfações simbólicas semelhantes ao gozo. Para a psicanálise a catarse é um momento de liberação de alto nível de energia psíquica reprimida, seja em formato de riso, gritos, arte ou terapia. Pela catarse, o sujeito sente-se purificado/aliviado, como no caso da piada racista, que o liberta das obrigações morais de ter que fingir não ser racista (DAHIA, 2008).

AFRO-BORRES-CÊNCIA

A adolescência é uma fase em que as pessoas acreditam firmemente em suas ilusões. É o estágio em que reavaliamos as visões de mundo herdadas na primeira e segunda infância, passadas principalmente por nossos familiares e professores. Porém, estas negociações da realidade acabam sendo construídas sobre mitos sociais, aquelas coisas que circulam na sociedade e são incorporadas ao nosso psiquismo sem uma crítica ou explicação racional, algo tipo "é porque sempre foi assim". Ocorre que, como a estrutura mental e ética do adolescente não está ainda formada, elas são entendidas como verdades. Assim, a personalidade das pessoas vai se moldando com base em fantasias, uma delas, **a de que haveria uma inferioridade cognitiva, estética ou moral das pessoas de pele negra em relação às de pele branca.**

VER PÁGINAS 88 E 89

Para entendermos esses processos, precisamos examinar a ótica comum à puberdade e à adolescência. Para fazer esta viagem com a qualidade que permita desconstruir os elementos racistas da nossa existência, é fundamental atentarmos para uma armadilha muito perigosa. Precisamos entender, nos convencer, nos conscientizar de que **o racismo não existe**. Sim, caro leitor, **o racismo nada mais é do que uma criação. Uma criação da mente da pessoa de pele clara para atestar uma superioridade que justifique a subjugação de um grupo social.**

Quando visitamos livros de história, encontramos táticas de dominação de grupos sobre outros em muitas outras civilizações. O faraó subjugava os israelitas. Os árabes subjugavam beduínos que encontravam no deserto. Homens subjugam mulheres ao longo dos séculos. Pessoas subjugam outras para tentar atestar uma suposta superioridade. Porém, a partir do momento que o grupo dominante se dá conta que essa superioridade é colocada em cheque, ele inventa dispositivos e estruturas para reafirmar sua suposta ascendência. Quando esses dispositivos criam espaços de convivência isolados para os que são entendidos como superiores, de outro lado surgem os lugares de exclusão. O processo de exclusão com base na cor da pele tem nome: racismo. **Ou seja, a estrutura racista existe, mas o racismo em si é uma ilusão criada na cabeça daquele que quer se sentir superior.** O melhor exemplo disso talvez sejam as estruturas sociais criadas pelos homens para atestar sua superioridade perante as mulheres. Se analisarmos com calma, veremos que a hierarquia entre gêneros é apenas uma ficção mental. Existe uma estrutura que pertence ao macho, que estabelece a postura que ele deve ter para alcançar um discurso de poder que, muitas vezes, não está nem no que ele diz, mas no que seu corpo representa. Tudo isso que pertence ao macho ganha o nome de machismo. Já tudo aquilo que pertence à raça branca ganha o nome de racismo.

VER PÁGINA 90

A partir desse conceito de racismo, que o entendido como uma ilusão para atestar uma fantasia de superioridade, nós podemos imaginar o que se passa na cabeça de um adolescente, alguém que está justamente lutando para formar sua identidade. Nessa época, uma de nossas principais preocupações é nos destacarmos em nosso meio. Fase da vida em que não queremos ser "mais um", em que temos a necessidade de nos integrar. Para fugir das dores, vergonhas e humilhações, nosso desejo mais óbvio é nos conectar a algum grupo dominante. Porém, como já dissemos, para que haja algum grupo dominante, precisa haver algum grupo dominado. Esta desigualdade de poder na adolescência fica mais fácil de compreender quando analisamos a realidade do bullying no Brasil. Aquelas "brincadeiras" maldosas em que o menino magro tira sarro do menino gordo ou a menina alta faz piada sobre o menino baixo, entre

VER PÁGINA 91

outros casos. Nessa arena, quando há um elemento de exclusão estético muito fácil de ser detectado, como a cor de pele, qualquer indivíduo que queira pertencer ao grupo dominante e reafirmar ser superior terá aí uma arma de ataque ou de dor.

O nosso desafio neste momento é fazer uma análise de como estávamos nesse período de nossa vida:

Quem você era na escola? E no condomínio onde morava? No grupo de amigos? Na rua? Na hora do futebol? Na hora de ir pra praia?

Quem estava ao seu lado nesses momentos?

Se, ao puxar na memória, você localizar apenas pessoas de pele clara ao seu redor, ficará muito nítido a qual grupo você pertencia. O racismo que se estruturou nas práticas da nossa primeira e segunda infância se manifestará de maneira pública nesta fase da vida. Ninguém quer ser amigo, nem estar próximo da pessoa que é agredida, humilhada e fragilizada. A não ser que você possa se posicionar como herói ao seu lado. Mas, mesmo que você se coloque como herói nessas práticas, ainda assim você será conectado à exclusão.

É importante entender que a maior parte das agressões de adolescentes não são atos deliberados de maldade espontânea, mas uma lei de sobrevivência social que posteriormente pode se tornar um ato de maldade. Quando todos decidem dizer que "o cabelo daquela menina é feio porque é um cabelo duro, que não é liso e não cai pelas costas", a pessoa que se recusa a participar deste momento é entendida como "trouxa" ou "babaca". "Você viu o cabelo daquela nega suja?". Se a pessoa não concorda com isso ou, ao menos, não fica em silêncio explicitando de maneira não verbal uma espécie de conivência, ela é excluída do grupo. Como dissemos anteriormente, esta é a fase da vida em que o sujeito luta bravamente pela integração aos grupos. Entre os adolescentes, a luta pela existência rima com a luta por não ser excluído. Ele não quer ser devorado pela estrutura social que seleciona ferozmente. Dentro da sua casa, muitas vezes, ele é o invisível, ou o que só aparece quando "dá problema". Ele é aquele que "não sabe das coisas porque não tem experiência". Dentro da escola, ele é considerado inferior em relação às professoras e aos alunos mais velhos. Logo, no seu grupo, ele quer existir.

A pessoa que está lendo este livro talvez não tenha sido um algoz clássico, daqueles que já partiu para um processo deliberado de agressão ao outro de pele escura. Ele pode ser o racista passivo, aquele que observa o racismo acontecer, que olha, escuta, está junto, mas não se manifesta. Que até sente desconforto, mas, em nome do seu lugar social, resolve ficar em silêncio. Resolve não intervir. "Não se meta, que não é contigo", "Qual é que é, vai defender este macaco agora?", "Aí, ela gosta de macaco", "Olha só, ele quer namorar a macaca". Você se lembra de já ter ouvido algo semelhante? Pois é...

Nestes momentos, processos de desumanização atuam sobre o outro de pele escura e a exclusão se consolida. Mas para operar a omissão diante destes fatos, o adolescente precisa estar disposto a fazer de conta que aquela agressão ao outro não dói. É neste momento da nossa vida que nasce a indiferença racial, quando assistir à agressão e à desumanização do outro se torna relativamente normal. A comunidade que se instala aí responde pelo *comum*. E o comum não é esta cor, o comum não é este cabelo. Casos em que a única coisa que realmente diferencia um indivíduo do outro passa a ser a cor da pele. *Eu posso ser baixo, mas eu sou da sua cor. Eu posso ser gordo, mas eu sou da sua cor. Eu uso óculos, sou banguela, mas ainda assim eu sou da sua cor.* Do outro lado temos: *Ele pode até ser magro, mas ele não é da sua cor. Ele pode ser alto, enxergar bem sem óculos, mas ele não é da sua cor.*

Por mais que estes argumentos pareçam reducionistas, as sementes da indiferença racial que são plantadas nesta época determinarão uma série de comportamentos futuros. Nós somos as mesmas pessoas de quando tínhamos 15 anos de idade, apenas temos hoje brinquedos mais caros e conquistas mais árduas. Mas o que foi solidificado nos espaços de socialização da adolescência molda a maneira como vamos nos relacionar com o mundo. Se não tivermos, dentro de casa, um contraponto que elimine o veneno racial colocado em nós pela comunidade escolar e infantojuvenil, ele se entrelaça naquela artéria da nossa identidade de que já falamos neste livro, ao ponto que fica quase impossível retirá-lo. *Por quê?* Porque vamos acreditar que foi esse veneno que sustentou nossas conquistas e que é melhor "não mexer em time que está ganhando". Afinal, junto vieram experiências vitoriosas pois, ao menos, "não era eu o excluído".

Separar o joio do trigo é algo que dá muito trabalho, abandonar o racismo é uma decisão muito trabalhosa. Preguiçosos acabam por ser racistas. Pessoas infantis seguem sendo racistas. Acabam por acreditar naquela ilusão que sustentava sua superioridade na adolescência. A partir do momento em que entendemos que a adolescência é importante na nossa construção racista, podemos retornar aos nossos velhos diários e fotos: **Quem foi a primeira menina por quem nos apaixonamos? Onde ficava a pessoa negra naquela foto da gincana?**

Quem foi o menino que eu achava bonito na escola?

Quem era a pessoa negra que frequentava a minha casa na minha adolescência?

Quando eu comecei a entender que aquela pessoa negra entregava à sociedade algo que eu não era obrigado a entregar?

Quando foi que eu me dei conta que as pessoas de pele marrom não moravam na minha rua?

Quando foi que estas questões deixaram de ser importantes pra mim?

Parte das pessoas que estão lendo este livro poderão pensar que isto talvez nunca tenha sido uma preocupação para elas. Mas eu faço questão de insistir que você teve essa preocupação. Sim, porque **você não nasceu apático. Você nasceu empático.** Se acaso você está achando que nunca teve esse sentimento, é porque ele foi sufocado há tanto tempo que você esqueceu em que gaveta o colocou. Esquecer foi um mecanismo de autodefesa para que você não sofresse, não se entregasse à desilusão de que o mundo a sua volta é feio. Proteção para que você não assumisse que o que seu pai, mãe, avó, irmão, amigos faziam era algo deplorável. Você foi obrigado a ceder. Assim como o negro discriminado foi uma vítima do processo, você, que hoje ostenta um comportamento racista, não nasceu assim. Você aprendeu esse padrão de comportamento racista. Ou seja, você também é uma vítima do racismo.

PÁGINA PRETA

VER
PÁGINA 82

PUBERDADE

A puberdade envolve os processos hormonais que tornam o corpo apto a reproduzir. Costuma ocorrer entre os oito e treze anos de idade entre as meninas, e um ou dois anos depois entre os meninos, quando crescem as extremidades corporais, órgãos sexuais, ocorre a primeira menstruação/ereção etc. Por ser muito repentina, pode ser o momento em que o jovem negro percebe de maneira mais forte suas diferenças raciais (pelos estímulos enviados pelos grupos sociais) e em que o jovem branco naturaliza sua cor de pele como a regra universal (LIMA, 2018).

PÁGINA PRETA

ADOLESCÊNCIA

VER
PÁGINA 82

É uma fase do ciclo vital em que ocorrem inúmeros processos psicológicos que levam pessoas a mudar sua postura: distanciam-se dos pais e investem em interações grupais externas para revisar o que aprenderam na infância. Pode ocorrer dos doze aos dezoito anos (Estatuto da Criança e do Adolescente) ou dos dez aos vinte anos (Organização Mundial de Saúde). As características raciais geram diferentes experiências de adolescências, com impactos na autoestima. (LIMA, 2018).

PÁGINA PRETA

VER
PÁGINA 83

MACHISMO

É a ideia da superioridade masculina, que estabelece a opressão da mulher por meio de comportamentos, opiniões e sentimentos que declaram uma desigualdade de direitos e habilidades. Uma pessoa machista acredita que homens e mulheres devem se portar de jeitos específicos, ou julga o sexo feminino como inferior. No caso das mulheres negras, têm-se a sobreposição de duas opressões, machismo e racismo, o que amplia sua vulnerabilidade (DICIONÁRIO FEMINISTA, Lourenço, 2020).

PÁGINA PRETA

BULLYING

VER
PÁGINA 83

    Atos violentos e intencionais contra uma pessoa por alguma característica pessoal, que podem causar danos físicos e psicológicos. Segundo o IBGE (2015), 21% dos estudantes brasileiros admitiram já ter praticado bullying e características raciais estão entre os alvos mais comuns.

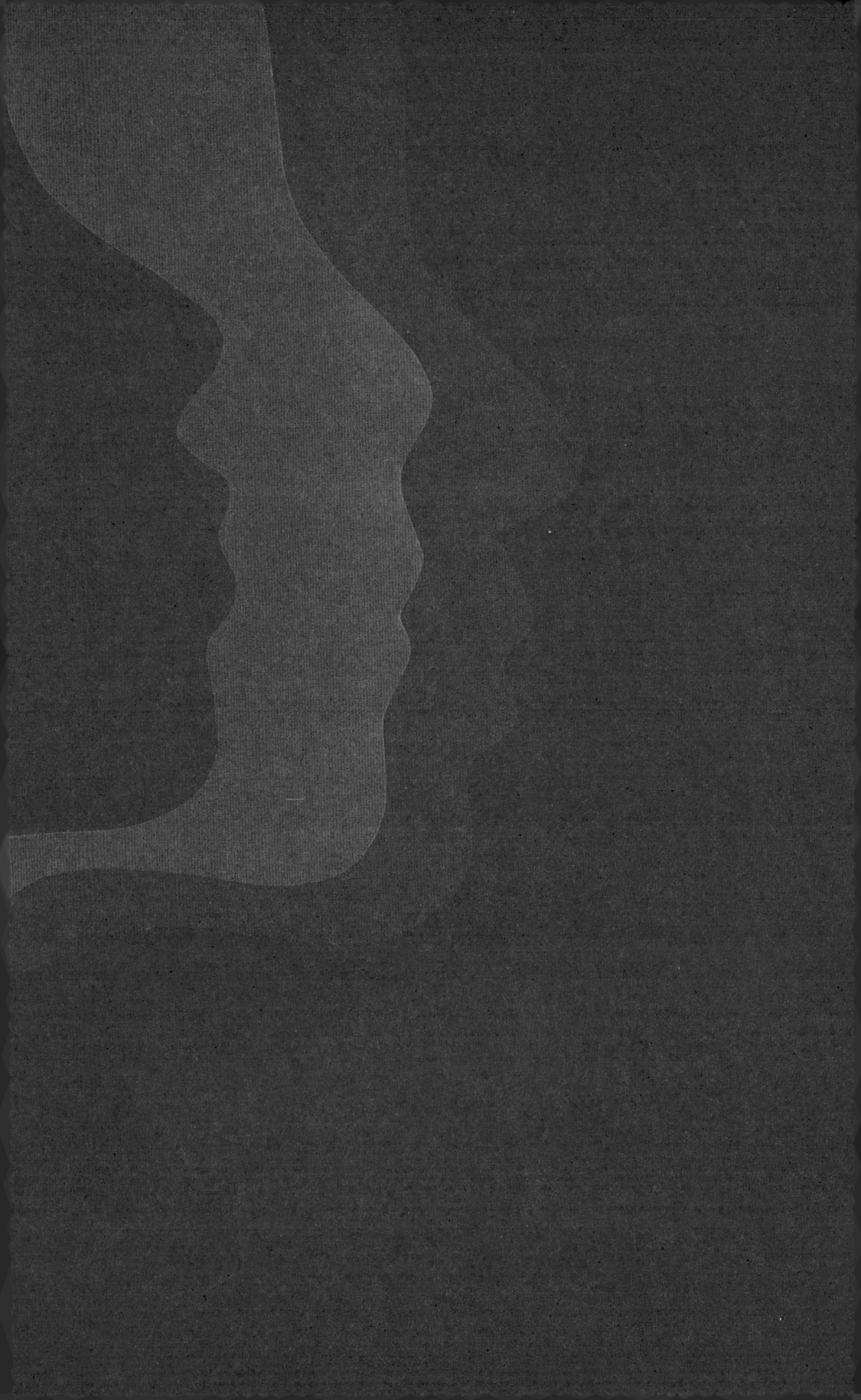

SEXO
É BOM,
RACISMO,
NÃO

Hoje em dia existe uma faixa de transição entre a adolescência e a vida adulta chamada por ramos da psicologia de fase do adulto jovem. Algo em torno dos 18, 19 anos até os 22, 24 anos, momento em que a sociedade espera que o sujeito mostre "a que veio", isto é, inicie sua afirmação econômica, encontre uma identidade profissional e comece namoros mais firmes. Talvez você se lembre de quando se viu diante desta encruzilhada de caminhos, sem saber muito bem pra onde correr, no que você era bom, como conquistar as meninas ou os garotos. Em meio a essas dúvidas, a pessoa testa uma série de impulsos sociais: os desejos de controle do outro, a busca de afeto, os medos de não conseguir ser um adulto bem sucedido e até os impulsos de passividade em relação às dores do mundo. Mas não há como questionar que uns dos maiores impulsos que se destacam nesta época são os da **sexualidade**.

Quando cruzamos as informações do campo da sexualidade com as do racismo, o resultado é assustador. Uma das primeiras linhas que orienta a abordagem tanto das mulheres como dos homens negros neste tema é a da **hipersexualização**. É comum encontrarmos no repertório da mídia ou nos papos entre amigos, histórias sobre "aquela negra quente", "que tem a bunda grande, os seios duros", "cuja pele reluz como o sol". Inclusive já tivemos uma novela de televisão com o título *Da cor do pecado*, cuja protagonista era uma mulher negra. São discursos complexos que, à primeira vista, podem ser entendidos como elogios à beleza, porém não resistem a um olhar mais cuidadoso. Com um pouco de atenção, percebe-se que esses gracejos são um jogo sorrateiro de hipersexualização das pessoas negras que acaba por reduzir o ser somente à sua característica sexual.

Esse processo de elogio através da sexualização da pele negra é algo comum no cenário da branquitude e produz estereótipos que nos acompanham — e limitam — pelo resto da vida. Vejamos o caso dos homens negros. É motivo de piada entre homens e de fetiche entre as mulheres o suposto tamanho exacerbado do órgão genital do homem negro. Apesar de ser algo que, aparentemente, deveria envaidecer o homem negro, esse tipo de afirmação animaliza a pessoa negra, reduzindo-a a condição de ser somente um órgão genital. O "negão e seu grande cajado", "a terceira perna do negão" e por aí segue o cântico da animalização.

VER PÁGINA 103

Você que está lendo este livro pode achar que estas afirmações são exageradas. Afinal, não seria o sonho de todo homem que as pessoas lhe acusassem de ter um membro avantajado? Até mesmo porque o tamanho do pênis costuma se associar no imaginário à maior facilidade de produzir prazer sexual. Também é fácil pensar que o termo "mulata gostosa" não seria uma ofensa, pois a torna objeto de inveja de outras mulheres, que lutam para ter aquela tenacidade muscular. "O tempo passa, a idade chega e estes músculos acabam não cedendo, como pode?", dizem as mulheres de pele branca vendo as imagens das passistas no carnaval. Nossa questão aqui não é discutir se estas características são verdadeiras ou falsas, mas apontar para um fato que passa despercebido em meio a esse tipo de elogio: o de que **esse folclore reduz a pessoa somente à condição sexual e, ao fazer isso, leva nosso subconsciente a anular as possibilidades de associar o homem ou a mulher negra a outras imagens sociais**, como sua profissão, talento, inteligência, entre outras.

A gravidade destas construções mentais a gente percebe quando analisa o cenário histórico do tratamento da pessoa negra no Brasil. São pessoas que sobreviveram a um processo de Escravidão brutal que durou 350 anos. Depois disso, vivenciaram um período de pseudoabolição, onde foram colocadas em uma arena de marginalidade, obrigados a guerrear com seus semelhantes diariamente, conforme os

VER PÁGINA 104

números de homicídios de negros atuais nos mostram. Por fim, na terceira fase do jogo, foram presas a um lugar social de hipersexualização. Isto é, alguém voltado ao prazer, alguém que serve para dar prazer. Não alguém que está na sociedade para vencer, lutar, planejar ou gerir algo.

Analisar a linha do tempo da abordagem das pessoas negras na sociedade brasileira ajuda a compreender o quão letal pode ser esta construção de imagens, aparentemente elogiosas. Quando começamos a contrapor este tipo de condição no imaginário da pessoa branca, "abrindo a jaula" da hipersexualização, a tendência é caminharmos para o reconhecimento de outros potenciais em homens e mulheres negras. Este reconhecimento nos ajuda a reduzir a margem de racismo sexualizado que mora dentro da gente.

É importante entender que a hipersexualização animalizada nada tem a ver com atração sexual afetiva. É muito comum que a mulher negra seja objeto de desejo de uma aventura sexual ou de uma orgia. Mas ainda é raro verificarmos o desejo de constituir família com a pessoa que possui tais características raciais. Em meu trabalho como jornalista, ouvi relatos de mulheres negras de que, durante o ato sexual, homens brancos pediam que elas fizessem coisas vexatórias, como se vestir de empregadas domésticas para que os parceiros pudessem alimentar sua fantasia sexual. Se entendemos que a fantasia sexual traduz o desejo mais íntimo de cada sujeito, deve-se pensar de onde vem esta vontade de subjugação que as pessoas de pele escura despertam nos brancos. Não podemos ser reducionistas, mas é tentador reconhecer aí o desejo de reproduzir na cama os personagens da *Casa Grande e Senzala* (FREYRE, 1953). Impulsos oriundos de um histórico racista que penetrou no inconsciente coletivo e deu forma à personalidade de muitos brasileiros. Quem está colocando isso pra fora nem sempre compreende que é racismo.

VER PÁGINA 105

Minhas conversas com você sobre um assunto tão íntimo e subjetivo têm um objetivo didático: te fazer enxergar as diversas camadas envolvidas nas relações inter-raciais no Brasil. Isto não quer dizer que o desejo sexual ou o afeto conjugal de uma pessoa de pele clara por uma de pele escura seja sempre uma expressão da relação de domínio escravista. O que queremos propor é que a pessoa com este sentimento tenha a disposição e a coragem de fazer uma autoanálise e entender se o que ela sente é um afeto real, um desejo corpóreo ou uma reprodução das relações raciais que lhe foram incutidas na infância e na adolescência.

A vida do jovem adulto tem como principal missão colocar à prova a autonomia do sujeito em fazer uso do que herdou de seus familiares e da cultura circundante. Se essas informações vieram contaminadas pelo racismo, é natural que seus impulsos sexuais também venham. É comum que mulheres projetem no homem negro o mesmo desenho, conferindo a ele uma imagem sexual que, ao fim, é extremamente opressora. Ao homem negro não é permitido um momento de impotência. Ao homem negro não é permitido um pênis que não seja condizente com seu folclore. Se, por acaso, uma dessas duas situações se efetivam e passam a circular no imaginário social relativo àquela pessoa, ela perde a credibilidade pública. Tão somente porque sua virilidade deixou de corresponder à imagem animalesca que foi impressa pela fantasia racial.

Ao identificarmos o racismo em nossa sexualidade ou, ao menos, nos propormos a essa análise, podemos passar a ver a pessoa de pele escura como um ser humano, alguém complexo, com características diversas. A pessoa negra deixa de ser a sombra de um grande pênis ou de uma grande bunda, por exemplo. Essa visão, mais humanizada, pode ser um gatilho para romper um elo do racismo que te constituiu. Vale lembrar que, em termos de sexualidade, existem duas linhas principais do racismo se exercitar: de um lado, a aproximação aos corpos negros com base no folclore; de outro, o repúdio e a incapacidade de sentir interesse sexual/afetivo por uma pessoa negra. No segundo caso, à medida que o corpo negro é animalizado, torna-se natural que o jovem adulto de pele clara torne inconcebível relacionar-se intimamente com um "semianimal". Neste caso, imaginar colocar a sua boca ou os seus membros sexuais sobre uma pessoa negra soa quase como uma falha moral.

O incômodo que você está sentindo na leitura desse texto provavelmente tem relação com o tema. Quando se trata de sexualidade, o racismo ganha contornos difíceis de serem detectados, cujos limites com as preferências pessoais adquirem linhas tênues. Talvez nunca saberemos se a pessoa branca que está recusando a pessoa de pele negra de fato não se sente atraído por aquele indivíduo — o que é natural e compreensível — ou não consegue concebê-lo como um ser belo ou um ser à sua altura. Nesse momento, é importante nos questionarmos:

Esta negação da aproximação vem a partir do quê?

Quais fatores determinam sua noção íntima de que um homem negro ou uma mulher negra não são o ideal para você?

É o padrão estético que lhe foi impresso desde a primeira infância? É o ciclo de rejeição social que você conheceu no ambiente escolar? É a animalização que já fazia parte do processo de conhecimento folclórico que lhe foi entregue?

Quais foram as pessoas de pele escura com as quais você se relacionou afetiva ou sexualmente?

Qual foi o motivo de você ter se envolvido com ela(s)?

É importante que você seja o mais sincero possível. Se você forçar uma justificativa não racista para estas questões, você não está mentindo para mim, mas para você, porque aqui é somente você e estas páginas. A partir do momento em que você começa a entender que aquele beijo, as carícias, aquela noite com uma pessoa negra não foram construídos com base em um desejo, mas a partir de uma curiosidade ou de um folclore, você percebe que, mesmo de maneira inconsciente, você reproduziu um ato de racismo. Você produziu um crime afetivo contra aquela pessoa. Por outro lado, sabemos que você também foi uma vítima do racismo. A partir do momento que você se dá conta dessa reprodução, abre uma possibilidade de mudança.

Tente lembrar as atrizes que você conhece e admira. A maior parte delas possivelmente possui um rosto não retinto. Isto é, esculpidos em torno de nariz ou lábios mais finos. Há traços de um semblante eurocêntrico que se destacam, porém em tonalidade amarronzada. O processo de imaginário social para "a negra ideal de consumo", no caso das mulheres, envolve o afinamento de seus traços físicos. Já no caso dos homens, a hipersexualização determina que seus corpos devam ser grandes, como se tivessem que carregar peso o tempo todo. Em nenhum momento a beleza masculina no imaginário social sobre o homem negro está relacionada a seu intelecto ou a sua capacidade de transitar e organizar a sociedade. O que se espera de um homem negro é um grande corpo, em proporções que atendam os anseios do folclore racial.

Entender as variações da hipersexualização dos corpos negros na sociedade é importante porque, em nossa estrutura psíquica, a sexualidade possui um papel primordial. O sexo não é algo banal. Ele é feito a partir do nosso corpo com outros corpos. Logo, a maneira como enxergamos esses corpos influencia nosso padrão de relações com o mundo. O racismo brasileiro é baseado na cor da pele e nas formas corporais, cientificamente chamado de fenótipo. É a pele escura que determinará se a pessoa será ou não vítima de racismo. Seguindo essa lógica, uma pessoa negra com uma pele um pouco mais clara pode virar objeto de desejo, já uma pessoa negra com traços mais retintos corre um risco maior de tornar-se objeto de repúdio.

Seja para homens ou mulheres negras, esse racismo sexualizado é hoje um dos maiores venenos das relações inter-raciais no Brasil. Por isso, daqui para a frente reflita se, por trás da cortina cor-de-rosa de elogios e agrados verbais ao corpo negro, você não está colocando seres humanos em jaulas. Como animais sexuais.

PÁGINA PRETA

BRANQUITUDE

VER PÁGINA 96

Conceito que se refere à identidade racial branca, enquanto algo que também se constrói socialmente. É um lugar de privilégios simbólicos, subjetivos e materiais. Um lugar confortável de onde o sujeito branco vê o outro, o analisa e o julga, sem antes analisar ou pensar em si como o diferente, mas sempre como a regra/o padrão (FRANKEMBERG, 1999).

PÁGINA PRETA

VER PÁGINA 97

PSEUDOABOLIÇÃO

Em 1888 é assinada a Lei Áurea, que decreta a abolição da escravatura no Brasil. Grande parte do movimento negro entende que a abolição foi apenas no papel, pois não foram criadas políticas de reparação que suprissem as carências de educação, moradia, saúde e trabalho dos negros libertos. Pelo contrário, surgiram leis que dificultaram sua inclusão, como por exemplo, a Lei da Vadiagem de 1941 (Dec. Nº 3688/41), que considerava crime pessoas paradas em espaços público e que atingiu muitas pessoas negras sem trabalho (RIBEIRO, 2019).

PÁGINA PRETA

INCONSCIENTE COLETIVO

VER PÁGINA 99

Seria um reservatório de imagens (os arquétipos) que herdamos de nossos ancestrais e pessoas de fora, segundo o criador do termo, o psiquiatra Carl Gustav Jung. A pessoa não se lembra das imagens que herda conscientemente, porém tem predisposição de reagir ao mundo conforme seus ancestrais faziam. Para Jung (2000), é "nosso cérebro abissal, a parte que não sabemos sobre nossa essência", o que explica como podemos reproduzir atos racistas sem os perceber como tais.

CORDIAL

É O

#*S@%*#!

Se você chegou até esta etapa do nosso livro, significa que existe um comprometimento direto da sua parte em tentar entender qual é o seu papel na eliminação do racismo. Não só do racismo do mundo, mas do racismo que está dentro de você. Então eu gostaria de, com muito carinho, parabenizá-lo porque absorver tudo que lhe apresentei até aqui e, ainda assim, não abandonar esta leitura, é um sinal de maturidade que nos coloca em uma posição de parceria muito importante. As páginas que te apresentei não foram escritas para beneficiar pessoas negras ou para absolver pessoas brancas. **O objetivo deste livro é contribuir para um processo de reconciliação de um povo.**

    O único motivo pelo qual as pessoas de pele escura vieram para o Brasil foi para trabalhar. Trabalhar até o fim das suas vidas e, assim, construir este país . Este objetivo foi conquistado.

VER
PÁGINA 118

A maior parte das calçadas em que você anda na rua hoje é fruto do racismo. Sim, porque se sua rua, cidade ou estado tem mais de 130 anos de fundação, ela ou ele são frutos da colonização de Portugal, logo, são produtos da Escravidão aplicada pelo colonizador. Negros escravizados colocaram a marretadas cada uma destas pedras, até morrer de fome ou de cansaço, num quadro que não mudou muito após 1888. Atualmente considero inviável olhar para um prédio alto no Brasil sem enxergar ali o resultado da pseudoabolição. Sim, porque, infelizmente, boa parte do processo trabalhista brasileiro seguiu os moldes da meritocracia escravocrata.

A Escravidão está à nossa volta. Nós respiramos Escravidão. Tudo isso que estamos tentando fazer nestas páginas é desintoxicar a sua personalidade desse ar poluído que emana de cada cantinho do Brasil, de cada centímetro da nossa Nação, de cada segundo de nossa história. Estamos tentando ajudá-lo a eliminar a toxina do racismo.

Nesta publicação já comparamos o racismo a um câncer, exatamente pela capacidade que ele tem de se integrar à estrutura social por dentro. Movimento que nos impede de arrancar o racismo de forma abrupta, porque machucaria muito o corpo social. Pense comigo: se hoje definíssemos que a Lei das Terras de 1850, que proibia negros de ter acesso a terra, fosse revogada e o Brasil fosse obrigado a dar dez hectares para cada pessoa negra? Teríamos um colapso imobiliário no Brasil. Ou então, imagine o que ocorreria se o país reconhecesse a responsabilidade do Estado na Escravidão e decidisse remunerar os descendentes daqueles que, comprovadamente, foram lesados com a política escravocrata? Possivelmente o Brasil iria à falência. Quando tentamos fazer um movimento em direção a isso, que foi a criação da política de cotas raciais, ainda assim boa parte do país ficou em dúvida se seria justo ou necessário.

VER PÁGINA 119

Porém, mesmo com todo esse contexto de exploração e prejuízos às pessoas negras, nós identificamos no Brasil uma relação pacífica entre negros e brancos. Isso ocorre porque aqui, ao contrário dos Estados Unidos, vigora um racismo cordial, que gostaria de explicar como se constitui, porque a compreensão deste conceito é fundamental para nossas conversas. **A cordialidade racista é aquilo que faz com que a pessoa negra se sinta, mesmo na condição de lesada, parte de um sistema, e a pessoa branca, mesmo na condição de opressora, se sinta uma parte não culpada ou não responsável desse sistema.** Para tentar entender as faces do racismo cordial precisamos fazer um mergulho profundo nas nossas práticas de relações inter-raciais. Um bom material de análise são os grupos de *WhatsApp* e outros aplicativos de que a maioria de nós participa junto com amigos, colegas ou familiares. Situações cotidianas que são um convite a questionamentos:

VER PÁGINA 120

Como nós reagimos aos memes que ridicularizam pessoas negras recebidos em nossas telas de celular?

Nós ficamos em silêncio e fingimos que não é com a gente?

Nós repassamos a outras pessoas?

Ou sequer notamos que existe uma situação de racismo ali?

Em texto anterior falamos sobre a hipersexualização da pessoa negra ao abordar, dentre outros assuntos, as práticas de animalização do homem negro. Um dos memes que fazem sucesso nos grupos de *WhatsApp* é o famoso "negão da piroca". Trata-se da imagem de um homem negro com um órgão sexual gigante, uma toalha no ombro e um boné na cabeça. Esse é um exemplo do quão sério é o processo de ignorar a humanidade da pessoa negra. Nesse caso, a pessoa negra deixa de ser uma pessoa e torna-se um grande membro sexual a ser manipulado de acordo com nossos interesses de divertimento. Isto é, os atos de ignorância da pessoa branca à dor negra são tão arraigados que produzem um padrão de comportamento que beira a psicopatia. Digo isso ao lembrar que um dos principais traços dos psicopatas já catalogados pelos manuais de psiquiatria (DSM-V) é a incapacidade de se colocar no lugar do outro.

A cordialidade do racismo brasileiro coloca um traço de psicopatia em cada branco indiferente. Eu sei que ouvir isso parece agressivo e exagerado. Mas quem sente essa dor sabe que eu não estou exagerando. O amigo de pele escura que está tentando se integrar a um grupo virtual, ao receber em sua tela de celular aquela piada que tem uma pessoa negra como imagem da feiura ou da deficiência mental ou física, sente que algo está estranho. É em momentos assim que o mecanismo do racismo cordial mostra sua face mais letal, pois como as "brincadeiras" não vêm travestidas de uma violência ativa (que dá condições de ser combatida), qualquer reação coloca a pessoa negra como o violento do grupo. **Não podemos esquecer que a pessoa negra está em busca de constante aceitação, o que pode levá-la a desistir de revidar os "ataques divertidos", chegando ao ponto de aderir à autoflagelação da sua estética.** Isto explica pessoas negras rindo destes memes e até distribuindo-os a outras pessoas. A cordialidade desse tipo de racismo faz com que as pessoas se agridam e continuem se abraçando. O resultado é uma guerra esquizofrênica em que ninguém ganha, luta em que as pessoas mais fragilizadas acabam sendo obrigadas a agredir seus semelhantes.

A questão que lateja nestas nossas análises é a incapacidade da pessoa de pele clara em reconhecer as nuances desse racismo cordial, por mais bestial que ele seja. Falando esse monte de termos técnicos talvez a mensagem que eu esteja tentando levar para o seu coração não faça sentido. Tenho evitado ao longo deste livro dar exemplos pessoais porque eu não sou o centro da obra. O centro é você. Mas vou dar um exemplo que ilustre esse processo de ignorância da pessoa branca ao executar atos de cordialidade racista.

Certa vez, minha mãe, uma mulher negra, na época com 52 anos, trabalhava como faxineira em uma casa. Um belo dia sua patroa viu uma matéria na TV sobre a necessidade de higiene bucal nas crianças e, de uma maneira muito cordial e sincera, foi até o banheiro e recolheu suas escovas de dente usadas. Posteriormente colocou-as em uma panela de água para ferver e inseriu-as em um saco plástico, dizendo: **"Leve para seus filhos poderem cuidar dos dentes. Antes usar escova de dente usada do que não usar nenhuma".**

A história da doação das escovas de dente usadas, entendidas como um ato gentil por parte da patroa, é um retrato nítido do racismo cordial. Na ocasião, minha mãe chegou em casa com uma dor tão grande que ela quebrava cada escova de dente como se estivesse quebrando os ossos da sua patroa. Enquanto quebrava, chorava. Eu me lembro de que todos nós, os seis filhos, ficamos abalados com a situação e tentamos retirar minha mãe do trabalho naquela casa. Depois de algum tempo, tivemos a alegria de tirar nossa mãe da função de faxineira que, em geral, se caracteriza como um ambiente de reprodução das posições sociais da Escravidão. **De qualquer forma, a patroa, ao decidir doar as escovas de dente usadas para os filhos da empregada, realmente acreditava que estava compelida por um gesto de bondade.** Outro exemplo ocorreu recentemente, ao longo da pandemia de covid-19, quando o Brasil já somava 120 mil mortos. Na ocasião, uma empregada doméstica que seguia trabalhando engravidou. A patroa recomendou que esta mulher, que era negra, interrompesse a gravidez e se dispôs a congelar os óvulos desta mulher para serem usados depois da pandemia. A sentença que acompanhou a sugestão foi de que engravidar naquele momento não era bom para ninguém, inclusive para ela, que ficaria sem sua empregada.

Esses dois exemplos, o de minha mãe no passado e o da empregada doméstica na atual pandemia, demonstram que existe um padrão de relações raciais no Brasil que toma uma forma passiva, mas com um alto nível de agressividade, **algo como um veneno que foi colocado em um sorvete**. Este formato complexo e contraditório de estímulos que o racismo passa cordial imobiliza a pessoa negra de maneira que, na maior parte dos casos, ela não consegue se defender.

No ambiente de trabalho é muito comum algumas piadas "boiarem no ar", sugerindo ataques racistas de forma até amável. Ao ingressar na adolescência, me lembro que consegui alguns empregos informais. Em todos, os apelidos que eu recebia eram racistas: *Tição, Buiuzinho, Kakinho* (enquanto diminutivo de Kako, que vem de Macaco). Logo, minhas relações de afeto naquele momento delicado, de ingresso em um ambiente social novo e necessário, estavam envolvidas em um manto de cordialidade. A avaliação que eu convido você leitor a fazer é:

Em algum momento da sua história você se lembra de aplicar o racismo cordial?

Lembra-se de já ter chamado algum(a) colega da escola, do trabalho, do futebol de *Feijão, Jabuticaba, Marrom, Mussum, Tiçãozinho ou Nega Maluca*?

Caso tenha localizado momentos assim em seu passado, responda:

Será que esses termos, aparentemente carinhosos, mas que identificam a pessoa a partir de sua estética, têm um fundo de cordialidade ou de racismo?

Se a sua resposta for "os dois", significa que a sua cordialidade foi contaminada por um dos piores sentimentos que a humanidade já produziu. Neste momento, novas questões são importantes:

Como é que você desvia deste sentimento racial nocivo que lhe foi colocado desde a infância e leva um tratamento digno e afetuoso a pessoas de pele escura?

Nós já sabemos que na vida adulta as relações raciais se criam em cima do que a pessoa aprendeu como certo e errado ao longo de suas vivências. Neste livro, já repetimos várias vezes que nossa intenção não é criar em você um sentimento de culpa, mas um sentido de responsabilidade. Nosso objetivo é eliminar este racismo que mora dentro do seu coração. Quando eu digo isso, é importante *escurecer* que fragmentos deste sentimento moram também dentro do meu coração. Esse é nosso destino histórico até aqui. Nossa cumplicidade mórbida e vergonhosa.

Estou escrevendo este livro para você porque tenho desejo pessoal de eliminar o racismo que também mora em mim, de matar o fragmento racista atrelado às minhas artérias. Mas é importante que você entenda que, **enquanto a pessoa de pele clara tem a condição de ser um agente promotor do racismo, eu, como negro, posso no máximo ser um agente reprodutor da prática racista.** Eu não consigo promover racismo porque eu não tenho estrutura de poder suficiente. Refiro-me aqui a poder social, que dá condições de decidir se uma pessoa negra ingressa ou não em um ambiente social ou aquele que, mesmo permitindo sua entrada, determina subliminarmente que ela fique restrita a um determinado canto. Este "ficar em um determinado canto" é definido não a partir de uma ordem, mas de uma brincadeira que, muitas vezes, até reconhece semelhanças (o que torna a mensagem enviada mais confusa e imobilizante ainda): "Pois é, eu tenho um pé na África, mas a fulana tem dois."

Todas essas coreografias do discurso passivo-agressivo sobre as práticas de relação inter-raciais que abordamos neste texto compõem a "dança do racismo cordial" no Brasil. Por fim, é importante entender que enfrentar esta malemolência racista é um dos piores desafios que uma pessoa negra pode ter porque, para quem olha de fora, ela está guerreando contra a cordialidade. E lutar contra a cordialidade leva à desaprovação social, levando a pessoa negra a ser vista como raivosa e até o próprio algoz do processo, ao invés de sua principal vítima.

PÁGINA PRETA

VER
PÁGINA 110

MERITOCRACIA ESCRAVOCRATA

Meritocracia é a ideia de que as pessoas podem alcançar inclusão e ascendência social a partir de uma luta individual. Pressupõe uma sociedade igualitária, em que todos saem da mesma linha de partida e não reconhece o impacto do tratamento desigual aos diferentes grupos. A meritocracia escravocrata se baseia nas ideias da eugenia, segundo a qual as raças mais fortes devem suplantar as mais fracas (CHALHOUB, 2017).

PÁGINA PRETA

POLÍTICAS DE COTAS RACIAIS

VER PÁGINA 111

São ações afirmativas para reparar desigualdades históricas a partir da reserva de vagas em instituições públicas para pessoas negras. Implementadas a partir dos anos 2000, quando apenas 1,8% dos jovens negros entre 18 a 24 anos havia frequentado universidade. A Lei nº 12.711 de 2012 determinou 50% de cotas nas universidades federais. Em 2018, os negros se tornaram maioria nas universidades federais, com 50,3% (IBGE, Desigualdades Sociais por cor ou raça, 2019).

PÁGINA PRETA

VER
PÁGINA III

RACISMO CORDIAL

Pra se aprofundar: TURRA, C. VENTURI, G. *Racismo Cordial: a mais completa análise sobre o preconceito de cor no Brasil*, SP: Parceria Editora Ática e Folha de São Paulo, 1995.

LIBERDADE, NÃO. RACISMO!

Até este ponto do livro, nós relembramos fases do desenvolvimento humano onde interagíamos em diversos campos sociais, como nosso lar, escola, círculo de amigos, mas sempre sob a batuta de outras pessoas. Na primeira infância, éramos controlados por nossos pais. Na segunda infância, além dos pais, éramos submetidos e orientados pelos professores. Pessoas a quem podíamos responsabilizar por nossos atos, entendendo que ainda não éramos adultos.

Neste texto, vamos abordar aquele período da vida em que você não é controlado por mais ninguém. Sabe aquele momento que você se dá conta que cresceu e pode fazer o que quiser da sua vida? Pois é, no que diz respeito às relações raciais, chega um momento da sua história em que você começa a se autodeterminar. Mas, apesar de ser dono de certa liberdade, ela ainda vem arraigada de visões, práticas e valores que formaram sua personalidade e que funcionam como espécies de algemas mentais. Pode até ter acontecido de, em algum momento, você ter ouvido o tilintar dos metais do racismo em seus atos e parado um pouco pra pensar, mas resolveu não se aprofundar em questionamentos, seja porque suas decisões de sobrevivência pesaram mais ou porque ainda não tinha coragem para mirar no olho do seu monstrinho particular.

Esta força, que puxa você para a repetição de atos e visões apreendidas em suas interações passadas, é o que nós chamamos de **cultura**. A forma como você se alimenta, o seu estilo de vestir, as suas opções de lazer, entre outros interesses, formam a bagagem da sua **cultura pessoal**. Ela é fluida, de um tecido poroso e, assim, se associa a muitas outras culturas disponíveis na sociedade, dentre elas a cultura do racismo. Podemos pensar a cultura do racismo como um líquido viscoso que passa bem fácil pelo tecido da sua cultura pessoal e, assim, se entranha em suas decisões cotidianas. O resultado é que, quando você escolhe uma comida, vai ao banco, inicia um namoro, escuta uma música ou assiste a um filme, é bem possível que a cultura do racismo esteja ali, melecando tudo.

O racismo se manifesta das maneiras mais variadas possíveis. Às vezes com um sentido aparentemente cordial ("Os negros demoram mais a envelhecer, porque possuem uma pele mais firme."), noutras vezes, agressivo ("Aquela nega tem cabelo ruim, sarará.") e, em uma terceira via, não age nem pelo cordial ou pelo agressivo, mas produzindo a invisibilidade de pessoas ou grupos. Um exemplo deste último caso, você pode identificar ao digitar em um buscador da internet as palavras: "Mulher bonita". Perceba quantas imagens de mulheres negras aparecem em comparação com o grande número de fotos de mulheres brancas. Este "racismo logarítmico" reflete o racismo que já está tão entranhado na sua rotina e que você nem percebe.

Como já falamos ao longo deste livro, a tendência é você negar o racismo cotidiano e dizer que se trata de exageros de um exército de pessoas politicamente corretas. Que tais pessoas ou movimento buscariam, em última instância, retirar de você o que é mais importante: a *liberdade*. A *liberdade* é tratada como o bem mais precioso de qualquer povo em qualquer época. Qualquer civilização que tenha a sua liberdade cerceada ganha ali o direito de lutar, guerrear, matar. O animal que luta pela sua liberdade é entendido como alguém que está no seu direito. Diante disso, precisamos analisar em que consiste esta liberdade que parece estar sendo colocada em risco.

Será que nós amamos a liberdade mesmo?
Que tipo de liberdade?
Liberdade como um bem coletivo de todos? Ou a minha liberdade?

Desta vez, enquanto você pensa, vou te dar a minha opinião pessoal sobre o tema: nós não amamos a liberdade, nós amamos a nossa liberdade. Nós amamos o nosso direito de fazermos o que quisermos. E se, para garantir este direito, precisarmos derrubar a liberdade de outras pessoas, que assim seja.

Quando falamos da questão racial, precisamos entender que o direito da outra pessoa começa onde o seu termina e vice-versa. Em debates que tenho acompanhado, o que se vê muitas vezes não é a luta pela liberdade de todos, mas lutas pessoais para diminuir o raio de liberdade de determinadas pessoas ou, ao menos, de não deixar que ele aumente. É comum ver pessoas cobrando direitos irreais, como o de exercer uma suposta liberdade racial, que pode ser entendido como o direito social de ser racista. Incluído neste direito estaria a possibilidade de fazer a piada que quiser, sob o argumento de que sua "brincadeira" estaria em um campo social imune ao debate racial. Nesses casos, fica nítido que o objetivo é **ampliar a margem de liberdade pessoal e cercear o raio de liberdade do outro.**

É importante analisar melhor o **campo social da brincadeira**. Ele é um dos mais perigosos, porque nasce no terreno da criatividade e por isso produz muitas imagens, que passam a alimentar nosso imaginário. Estão aí as novelas brasileiras que não nos deixam mentir e que, até pouco tempo, repetiam à exaustão a imagem da mulher negra como empregada doméstica. É no campo ficcional, no palco da "mentirinha" que mora a capacidade humana de construir a realidade a sua volta. Logo, o

VER
PÁGINA 131

campo do imaginário é o melhor lugar para construir imagens preconceituosas que confiram um status de pseudo-humanidade a algumas pessoas. Nestes casos, o raciocínio é simples, mesmo que não seja construído no mundo real: *eu entendo no meu imaginário que aquela pessoa negra possui uma humanidade transitória ou condicionada a uma série de fatores que, em minha opinião, não deveriam pertencer a ela, já que eu me vejo como mais humano que ela. Quando eu faço uma piada que atribui à pessoa de pele escura a condição de "macaco", por exemplo, eu estou extraindo dela a humanidade e estou dando a ela uma animalização de presente.* Logo, a construção deste tipo de piada só é possível porque **no meu imaginário, nem sempre consciente, ela não está representada como uma pessoa plena.**

Você que está lendo este texto, deve estar pensando: "Não é por que eu recebi um meme no meu *WhatsApp* que brinca que determinada pessoa negra é um macaco que eu não a considero um ser humano". Talvez você não entenda assim na sua dimensão consciente, mas seu subconsciente, aquele continente gigante do seu psiquismo que você não domina, está enlameado de racismo. Uma boa prova desta minha afirmação é pensarmos que **o seu subconsciente não autorizaria que você compactuasse com brincadeiras ligadas ao estupro de uma criança, por exemplo.** Se chegasse ao seu celular um meme onde um homem coloca o seu pênis na região genital de uma criança de cinco anos de idade, por mais bem feita que fosse a "piada", naquele momento o seu cérebro automaticamente recusaria esta informação e travaria. Além disso, você possivelmente criticaria ou denunciaria quem lhe enviou a mensagem.

A decisão natural de não concordar com "brincadeiras" sobre pedofilia e outros temas tabus é uma decisão do seu subconsciente, do que você acha certo e errado no seu íntimo, as clausulas pétreas da sua personalidade. São rochas que o campo social da brincadeira não conseguem remover porque seu subconsciente não autoriza este caminho. Por mais que a pessoa que fez o meme argumente que aquela criança não é uma criança de verdade, que aquele homem não é real, nada irá convencê-lo que aquela piada é cabível. Essa recusa deveria também ser ativada quando falamos das questões raciais. A pergunta a ser feita é:

Por que o meu cérebro compactua com a iniciativa racista vinda de outras pessoas, mas ele não compactua com a iniciativa pedófila, por exemplo?

Novamente vou arriscar uma resposta: porque desde a primeira infância seu cérebro assimilou imagens e informações que afirmavam que a pessoa negra pode ser subjugada e tratada de maneira desrespeitosa. Nesta lógica que se estrutura em uma dimensão não racional ou inconsciente, ela não merece a liberdade que lhe está sendo dada. Concordar, rir, compartilhar uma piada racista seria, neste sentido, tão somente exercitar sua liberdade de adulto, sem nenhum campo de tutoria, sem ser racista. Estruturalmente racista.

Esta afirmação pode ser difícil de compreender para quem crê que não possui uma base racista ou pensa enxergar todas as pessoas como seres iguais. Porém, por algum motivo desconhecido, parece que umas podem ser mais vítimas das piadas dos grupos de *WhatsApp* do que outras; umas podem ser alvo de brincadeira no ambiente de trabalho, outras não; umas merecem que você compre brigas em suas defesas, outras nem tanto. Quando você faz uma separação do que é ou não correto, este processo tem por base suas experiências e convicções de vida. Mas saiba que a hierarquia que você cria entre pessoas mais humanas e pessoas menos humanas é um processo íntimo condicionado pelo racismo. Por fim, lhe deixo uma última pergunta:

Quantas vezes você deixou a piada racista passar? Você consegue contar?

Se você não consegue nem lembrar como foi sua atitude diante destes casos é possível que muitas pessoas tenham chorado a sua volta e você não tenha percebido. E o que é pior, não percebeu porque não as considerava *pessoas* no sentido pleno da palavra...

PÁGINA PRETA

VER
PÁGINA 124

CULTURA DO RACISMO

Se a noção de cultura envolve o conhecimento, as crenças, a arte, a moral, lei, costumes e hábitos de um povo (GEERTZ, 1989), a cultura do racismo seria todo o arcabouço cultural de um grupo social que preserva e estimula uma hierarquia e tratamento desigual a pessoas por conta de suas características raciais.

PÁGINA PRETA

IMAGINÁRIO

VER
PÁGINA 126

Conjunto de representações que criamos em nosso psiquismo sobre as pessoas ou coisas, a partir de vivências e pré-conceitos sociais. Estas imagens não passam por uma mediação racional e podem produzir coisas distantes da realidade, mas que se tornam reais para nós (ESPIG, 1998). Ex.: Se no imaginário social me é informado que homens negros são superdotados sexualmente, eu posso não conseguir registrar dados de realidade diferentes da minha imagem já internalizada do que é um homem negro.

E AGORA, QUAL VAI SER?

Este texto eu gostaria de dedicar não a você que está lendo este livro. Você, meu amigo leitor, já está disposto a fazer uma mudança. Não tenho mais dúvida do compromisso que nós conseguimos estabelecer até aqui e confesso que fico honrado com isso. Além de honrado, fico esperançoso, tenho seis filhos e essa galera precisa desta sua atitude. Se eu estivesse na sua frente, estenderia a mão para cumprimentá-lo(a) e lhe diria que estamos *juntos e misturados*. Depois de tantas conversas difíceis travadas ao longo destas páginas — e encaradas de forma corajosa por você — já não me sinto à vontade em dizer que você é racista. Porque o racista é a pessoa convicta de sua superioridade e, sendo desta maneira, não se permitiria assistir de peito aberto ao filme da própria vida que projetamos pra você. Este capítulo eu quero dedicar **aos seus filhos e aos meus netos**. Se você não pretende ter filhos, dedico às crianças que estarão a sua volta no futuro próximo.

Nossa conversa sobre o futuro, sobre aquilo que ainda não nasceu, precisa iniciar com uma afirmação forte que, à primeira vista, parecerá estranha pra você: **o racismo é a maneira mais agressiva de roubar da pessoa branca o que ela tem de melhor**. É doido pensar isso, porque na maioria das vezes que falamos de racismo, associamos seus efeitos às mazelas produzidas sobre o povo preto, como se o negro fosse o mais prejudicado pelo racismo. Ocorre que nós, pessoas negras, já aprendemos a lidar com as consequências do racismo. Nem sempre sobrevivemos a elas, ainda morremos, somos assassinados, mas aprendemos a lidar com elas.

O que eu quero dizer quando afirmo que a pessoa negra já sabe lidar com o racismo? Um exemplo clássico que ajudará você, pessoa de pele branca, a entender, se dá quando entramos no mercado e somos seguidos pelos seguranças. Nós não nos assustamos mais, nós simplesmente sabemos que aquilo de fato está acontecendo e o motivo. Ou então, quando arrumamos uma namorada de pele clara e, ao chegar à casa da família dela, flagramos a tia da namorada dando um "cutuco" em algum outro familiar, enquanto tenta disfarçar, a gente sabe do que se trata, não é necessária nenhuma palavra. Tem também o exemplo da concessionária de veículos, quando decidimos comprar um carro e ninguém vem nos atender, subestimando nossas possibilidades. A gente sabe direitinho por que isso ocorre. Ou seja, a gente já sabe se relacionar com o racismo. Sofremos com ele, temos momentos de profunda tristeza, mas seguimos a vida.

A questão que proponho aqui é que a pessoa branca não sabe se relacionar com o racismo. Eu sei tudo que o racismo tirou de mim, mas você que é branco ou branca, não faz ideia do que o racismo tirou de você. Também nem imagina o que ele vai continuar tirando se você não arrancar isso do seu coração. **Sim, porque você não percebe, mas para uma pessoa ser racista, ela precisa desenvolver uma habilidade natural de mentir para a sociedade toda.** Você precisa se tornar um mentiroso nato. Descarado. Um mentiroso quase num padrão psicopático. Por que digo isso? Porque o racismo te obriga a olhar na cara do seu filho e dizer pra ele que ele tem que ser racista, mas não deve demonstrar. *Mas como assim? Você está doido, Manoel?*

Vou interromper o texto e trazer um exemplo pessoal para ajudar no entendimento. Certa vez, um dos meus moleques estava na escola e ocorreu uma daquelas situações comuns entre nós negros: **meu filho foi chamado de macaco pelos colegas.** Em casa chorou um monte, disse que não queria mais ir pra aula, se trancou no quarto, toda uma função de dor e humilhação que eu conhecia bem. Como na época eu já havia escrito meu primeiro livro — cujo tema tinha um pano de fundo racial — pensei que podia defender meu filho, aproveitando também minha militância e visibilidade. Contatei a diretora da escola e propus um trabalho de sensibilização a toda comunidade escolar. Fui lá, fiz palestras com professores e alunos, distribuí livros, fiz tarde de autógrafos, um trabalho intenso e que ainda deixou meu filho empoderado. Lembro que fui embora feliz. Um mês depois, pra minha surpresa, meu filho voltou a dizer que tinha sido chamado de macaco e desta vez havia identificado dois meninos específicos como os responsáveis.

Naquele momento, entendi que o problema não era só da escola — apesar de achar que a instituição havia sido super passiva — e que era a hora de conversar com os pais dos meninos. Eu precisava colocá-los a par do processo, dialogar.

Agendei uma reunião. Já de início somente um pai compareceu, o outro deu a entender que o motivo era frescura, coisa sem importância. O pai que veio, começou nossa conversa me pedindo desculpas, dizendo que não entendia por que seu menino estava fazendo aquelas agressões, que "tudo parecia uma grande maluquice", nas palavras dele. A situação ficou super constrangedora, o pai atacava tanto o filho na minha frente, reprovando sua atitude e dizendo que não entendia aquela postura, que eu já estava praticamente defendendo o filho dele. O meu filho, ao meu lado, não entendia por que eu estava quase defendendo o guri que o agredia. Ficou uma situação doida que me lembrava do quão insensatos são os paradigmas que o racismo constrói.

Seguiu-se a conversa, a discussão ficou acalorada e no meio do papo eu virei para o menino e falei: "Vem cá, por que você ofende o Léo?", "Porque eu não gosto de preto", respondeu o menino, com uma simplicidade comovente. Quando ele falou isso, naturalmente se instalou um silêncio e aí o pai virou pra ele e disse: "Você não pode falar isso, menino! Para com isso, respeita as pessoas!". O que o pai falou entrou quase como uma faca no meu ouvido. Eu perguntei para ele: "Espera um pouco, quer dizer que o menino não pode [...], o menino não pode falar isso?", ao que o pai completou: "Seu Manoel, quero lhe pedir desculpas pelo que este menino disse". Então entendi sua postura e com seriedade rebati: "Não, cara, espera, o que aconteceu agora foi muito importante, você disse que o seu filho não pode FALAR estas coisas. Você não falou que ele não pode pensar isso, que ele não pode sentir isso. Você não falou que o que ele está sentindo é errado. Que o que ele está acreditando não tem sentido. Não. Você disse a ele que não pode FALAR. É FALAR que ele não pode. O erro dele não foi sentir o racismo no coração, o erro dele foi verbalizar isso". **Ou seja, o que o pai estava ensinando naquele momento, na frente de todos nós, era que o filho deveria mentir para que ele fosse aceito socialmente.**

A partir dessa história, fica mais fácil de vocês entenderem minha satisfação ao me deparar com um racista que me chama de macaco na televisão ou que me trata mal em público. Esse racista, antes de qualquer coisa, é honesto. Gravem bem: Ele é HO-NES-TO. A maioria das pessoas não tem esse padrão de honestidade e acaba se envolvendo em uma embalagem de papel felpudo, escondendo dentro de si a sua lama, a sua coisa mais suja. Quando a pessoa explicita o racismo, ela faz um favor muito grande. Favor para si mesmo, ao conseguir deixar tudo visível: *Olha, Mundo, esta é a cara do meu racismo*. E de outro lado, ajuda o homem ou mulher negra, que pode dizer: *Agora eu sei o que esta pessoa pensa sobre mim*. A pior coisa para uma pessoa negra é quando ela está de frente a um racista, convivendo com ele, trocando ideias, sonhos, eventualmente amando ele, e só percebe que ele é racista anos depois. Essa decepção vem acumulada de uma série de sentimentos pesados, pois há uma ressignificação negativa das experiências que a pessoa teve com ele e que achava que eram verdadeiras.

Quando o racista se manifesta de maneira evidente, explícita e sem o verniz social da mentira imposta pela hipocrisia brasileira, nós temos aí uma chance maior de mudança. Casos que nos livra do trabalho de ter que fazer aquela biópsia na artéria da identidade social pra descobrir se ali tem ou não o câncer do racismo. Inclusive arrisco a dizer que quando a pessoa identifica o racismo e decide olhar no olho dele, já temos 20% do caminho andado. Os próximos 30% vêm da decisão pessoal de querer continuar sendo racista ou decidir mudar. Logo, quando a pessoa decide que quer mudar, ela já caminhou 50% desta estrada pedregosa. Os outros 50% são apenas o exercício diário e atento de colocar em prática a mudança.

Você entendeu agora por que eu digo que, quando uma pessoa é condicionada a ser racista e ocultar o seu racismo, ela é impulsionada para a desonestidade e a mentira? Pois é. Mas o assunto fica mais complexo quando entendemos que o processo de educação para a mentira é algo viralizante, que se multiplica. **A criança pega esta desonestidade necessária que ela aprendeu com os pais sobre as relações inter-raciais e acolhe a mentira como mecanismo de relação em outras áreas da vida.** Para nós, pessoas negras, este processo mostra ainda outra faceta complexa: só a boca consegue mentir. Os olhos não mentem, o corpo não mente, a fisiologia não mente, as entrelinhas e o subconsciente não mentem. Logo, se você é racista, vai deixar transparecer em alguma ponta do seu ser, e a confusão entre mensagens corporais de asco e palavras doces vai parir esta nossa sociedade complicada.

Quando aquele pai disse: "Você não pode falar que não gosta de preto", ele construiu com o filho um pacto de racismo. Diante daquilo, eu disse ao menino: "Olha, se você realmente acredita que meu filho é um macaco, você deve verbalizar isso, menino". Ao que o pai retrucou: "Não, mas ele não tem o direito de falar essas coisas". Por fim, eu respondi: "Você é que não tem o direito, como pai, de dizer a seu filho que ele deve mentir. O erro desta criança não está nela, o erro está em voce." Lembro que na época deu outro rolo grande sobre o mesmo tema e eu acabei tirando meu filho daquela escola. Hoje, pensando melhor, posso dizer que fiz isso não somente por causa da escola, mas porque aquelas pessoas não entendiam a profundidade do racismo estrutural. E, bem, as pessoas, na maioria das vezes, não entendem.

A primeira coisa que o racismo faz com você é te condicionar a ser um mentiroso. Depois que você se torna um mentiroso, você precisa ser um hipócrita. A mentira geralmente vem associada à hipocrisia, mas no caso do racismo, é importante fazer uma distinção, pois você precisa dizer uma coisa e fazer outra. Você precisa criar um personagem social não racista para massagear o ego de uma sociedade demagoga. Precisa advogar a favor disso diariamente, mas, na hora que toca no âmago do racismo, com assuntos como cotas raciais, reparações jurídicas, igualdade de oportunidades, transformação real e estrutural, o racista de verdade sente um arrepio de baixo pra cima. Momento em que sua cabeça começa a racionalizar uma crítica a estas propostas, daquelas que lhe convençam que qualquer argumento que fortaleça uma lógica não racista é um argumento equivocado.

Nesta demagogia brasileira, um argumento a que nosso cérebro costuma se agarrar como um afogado diante de uma

VER
PÁGINA 146

boia é a do racismo reverso. Nesse caso, diz-se que, quando você luta para combater o racismo, criando um processo de reparação às pessoas secularmente prejudicadas, você estaria discriminando brancos e negros e assim, fortalecendo o racismo. *Você faz ideia da insanidade que é isso?* O racista diz que a luta antirracista fortalece o racismo para, com este argumento, justamente fortalecer o racismo que já mora dentro dele. Dei nó na sua cabeça, né? É isso que o racismo faz. A partir daí ele cria uma complexidade tão grande ao processo que você desiste de combater o racismo. O resultado são aqueles momentos em que você se atira na cadeira e diz: "Ai gente, isso é muito estresse, é muito complexo, vamos resolver isso na mesa do bar, me dá mais um copo aí e já era". É supercomum a gente acabar a conversa racial no **não lugar, do "deixa pra lá", porque ser racista é muito mais simples.**

Uma das coisas que o racismo também tira de você é a sua capacidade de compreender mundos culturalmente diferentes. Isto porque, quando você tem uma geografia humana e social que te favorece, você não vai ficar tentando entender outras realidades. Afinal, "eu já estou contemplado", né?! O pensamento que passa nas cabeças brancas é mais ou menos assim: "É sério que eu vou ter que sair do meu lugar de conforto, do meu lugar de privilégio, para ficar batalhando por aquela outra pessoa que, na moral, nem sei se ela está por mim, nem sei qual é que é a dela?". É neste momento que, mesmo sob protestos interiores, é necessário dar um passo atrás, tirar o salto e por o pé no chão. **Precisamos entender que não estamos tentando favorecer quem está aqui agora, mas sim quem nem vivo está, mas que precisará viver.** Estas pessoas, as que virão, só conseguirão viver a partir da sua atitude. Mas elas só vão viver a partir da sua ação se você começar a se mexer desde já. Parece meio profético esse meu pensamento, mas é verdade. Você precisa acreditar que é um agente transformador da estrutura antirracista. Se você não acreditar nisso, não vai ter valido a pena nossa conversa.

Quando eu falo em agente transformador da luta antirracista, não me refiro a uma guerra para beneficiar os negros, mas algo para beneficiar você mesmo. Falo de você, que é branco, que quer ser uma pessoa que não mente, que não quer ser uma pessoa hipócrita, não quer ser uma pessoa demagoga, nem um sujeito ignorante. Se você deseja isso, você não pode ser uma pessoa racista. Eu estou apelando não para sua generosidade para com nós negros, mas para seu egoísmo. Sim, por que a sua consciência atual de não supremacia, isto é, esta ideia de que não haveria uma hierarquização que coloca os brancos em um lugar social superior, é justamente o que alimenta a sua postura de supremacia branca.

Seja melhor do que você é hoje. Não deixe que o racismo tire de você a capacidade de ir além dos limites e preconceitos herdados. Não deixe que o racismo transforme você em alguém que precisa mentir e que, desta maneira, não consegue exercer uma relação humana e sincera com as pessoas a sua volta. Lembre-se de que o primeiro objetivo deste livro não foi melhorar a vida dos negros, mas melhorar a SUA vida. Páginas que buscaram transformar a SUA realidade. Pra fazer de você um melhor pai, uma melhor filha, um melhor esposo, uma melhor namorada, um melhor colega de trabalho. Pra fazer de você um melhor ser humano. Seja o que for, sem o racismo você será melhor.

O que te apresentamos aqui não teve por objetivo te transformar em um militante pela causa negra. Não queremos que você vista uma camiseta com o slogan Black Lives Matter e saia por aí dizendo que "preto é legal." Se você assumir o compromisso de não nos prejudicar e não permitir que, nos ambientes em que você circula, pessoas negras sejam prejudicadas, você já está fazendo um baita de um serviço. Estará fazendo uma diferença absurda na vida de todos nós. Mas, pra isso, você precisa continuar se conhecendo e se analisando. Sem este olhar para dentro, você não conseguirá mudar o fora.

Lute contra o racismo não pra me defender, mas pra defender aquelas coisas que farão de você um ser humano genuinamente feliz. Porque a felicidade que vem em um caldo de hipocrisia deixa sempre um gosto amargo na boca. Sabor que te lembra de que o sofrimento que você fez os outros passarem, uma hora ou outra vai te cobrar a conta.

Nosso livro acabou agora, mas nossas conversas ainda não. Te convido a assumir o compromisso de levar o que aprendemos adiante e dividir como foi a experiência de exercitar uma atitude antirracista na sua vida. Te agradeço a parceria e, com certeza, a gente vai se encontrar em breve... em um país melhor.

PÁGINA PRETA

VER
PÁGINA 142

RACISMO REVERSO

O argumento do racismo reverso é em parte desinformação, em parte desonestidade política e social. Isto porque não reconhece opressões históricas que inviabilizam hoje o acesso igualitário a oportunidades por determinados grupos, como no caso dos negros no Brasil. Não pode sofrer racismo hoje quem pertence a um grupo que não foi perseguido ao longo dos séculos por conta de sua condição racial.

PÁGINA PRETA

BLACK LIVES MATTER

VER
PÁGINA 144

Termo em inglês para "Vidas negras importam", que é o nome de um movimento ativista norte-americano criado em 2013 pela comunidade afro-americana para lutar contra a violência policial e criminal às pessoas negras. Em 2020, o assassinato de George Floyd, asfixiado pelo joelho de um policial em Minneapolis, popularizou o hashtag *#blacklivesmatter* em todo o mundo.

REFERÊNCIAS BIBLIOGRÁFICAS

ALMEIDA, S. *Racismo estrutural*. SP: ED. Pólen, 2019.

BENTO, C. *Pactos narcísicos no racismo: branquitude e poder nas organizações empresariais e no poder público*. USP: PPG em Psicologia Escolar e do Desenvolvimento, Doutorado (Tese), 2002. https://teses.usp.br/teses/disponiveis/47/47131/tde-18062019-181514/pt-br.php

BRASIL, *Anuário Brasileiro de Segurança Pública 2019*. FBSP; http://www.forumseguranca.org.br/wp-content/uploads/2019/09/Anuario--2019FINAL-v3.pdf

BRASIL, IBGE (PNAD Contínua) *Pesquisa Nacional de Amostra por Domicílios*, 2019. https://biblioteca.ibge.gov.br/visualizacao/livros/liv101707_informativo.pdf

BRASIL, UNICEF. *O impacto do racismo na infância*. Brasília, 2010. https://www.unicef.org/brazil/media/1731/aile/O_impacto_do_racismo_na_infancia.pdf

CHALHOUB, S. *A meritocracia é um mito que alimenta as desigualdades* (Especial: Cotas Etnico-raciais). SP, UNICAMP: junho, 2017. https://www.unicamp.br/unicamp/ju/noticias/2017/06/07/meritocracia-e-ummito-que-alimenta-desigualdades-diz-sidney-chalhoub

DSM-V – Manual Diagnóstico e Estatístico de Transtornos Mentais. American Psychiatric Association, RS: Artmed, 2014.

DAHIA, S. L. *A mediação do riso na expressão e consolidação do racismo no Brasil*. Sociedade e Estado, Brasília, v. 23, n. 3, p. 697-720, set./dez. 2008. https://www.scielo.br/pdf/se/v23n3/a07v23n3.pdf

DIWAN, P. *Raça pura: uma história da eugenia no Brasil e no mundo*. SP: Ed. Contexto, 2007.

ESPIG, *Ideologias, Mentalidades e Imaginário: cruzamentos e aproximações teóricas*. Porto Alegre: Revista do PPG em História, UFRGS, Vol. 10. 1998. https://seer.ufrgs.br/anos90/article/view/6220/3711

GOMES, L. *Escravidão: do primeiro leilão de cativos em Portugal até a morte de Zumbi dos Palmares* (Vol. 1). RJ: Ed. Globo Livros, 2019.

FRANKENBERG, Ruth. *White women, race masters: The social construction of whiteness.* USA: University of Minnesota. 1999a.

FREYRE, G. *Casa-grande & senzala: formação da família brasileira sob o regime da economia patriarcal.* São Paulo: Global, 1933.

JUNG. C. G. (2000). *Arquétipos e o inconsciente coletivo.* Petrópolis: Vozes. (Originalmente publicado em 1951).

LIMA, E. F. *Negritudes, adolescências e afetividades: experiências afetivosexuais de adolescentes negras em uma periferia de São Paulo.* Dissertação, PPG Educação sexual, Faculdade de Ciências e Letras, UNESP. https:// static1.squarespace.com/static/56b10ce8746ab-97c2d267b79/t/5dd6f090bceff30eab8ab1cb/1574367392157/El%-C3%A2nia+Francisca.pdf

MOREIRA, A. *Racismo Recreativo.* SP: Ed. Pólen, 2019.

OLIVEIRA, F. *Ser negro no Brasil: alcances e limites.* **Estudos Avançados.** Vol.18 nº.50 São Paulo Jan./Apr. 2004. https://www.scielo.br/scielo.php?script=sci_arttext&pid=S0103-40142004000100006

PINTO, M. C. , FERREIRA, R. F. *Relações raciais no Brasil e a construção da identidade da pessoa negra.* Pesquisas e práticas psicossociais vol.9 no.2 São João del-Rei. dez. 2014. http://pepsic.bvsalud.org/scielo.php? script=sci_arttext&pid=S1809-89082014000200011

RECH, M. D. T. *Linguagem: o preconceito por trás das palavras – uma análise de termos que expressam o racismo.* UFPR: Especialização em Educação das Relações Étnico-Raciais, Núcleo de Estudos Afro-Brasileiros. https:// acervodigital.ufpr.br/bitstream/handle/1884/42019/R%20-20E%20-%20MARIA%20DAISE%20TASQUETTO%20RECH.pdf?sequence=1&isAllowed=y

ROMÃO, T. L. *Sincretismo religioso como estratégia de sobrevivência transnacional e translacional: divindades africanas e santos católicos em tradução.* Trabalhos em Linguística Aplicada, Vol. 57, Campinasjan./abr.2018.https://www.scielo.br/scielo.php?script=sci_arttext&pid=S0103-18132018000100353&lng=pt&nrm=iso

RIBEIRO, D. *Pequeno Manual Antirracista*. RJ: Ed. Companhia das Letras, 2019.

RODRIGUES, R. N. (1957). *As Raças Humanas e a Responsabilidade Penal no Brasil*. Salvador: Livraria Progresso.

TURRA, C. VENTURI, G. *Racismo cordial: a mais completa análise sobre o preconceito de cor no Brasil*. SP: Parceria Editora Ática e Folha de São Paulo, 1995.

DIREÇÃO EDITORIAL
Daniele Cajueiro

EDITOR RESPONSÁVEL
Janaína Senna

PRODUÇÃO EDITORIAL
Adriana Torres
Júlia Ribeiro
Ian Verçosa

REVISÃO
Letícia Côrtes

REVISÃO TÉCNICA E ORIENTAÇÃO NARRATIVA
Fernanda Bassani

CONSULTOR JURÍDICO
Fabiano Machado da Rosa

PESQUISA DIGITAL
Vitoria Alexandra Rodrigues Ribeiro
Alexandro Rodrigues Ribeiro Filho
Leonardo Luiz Vaz Soares

PROJETO GRÁFICO DE MIOLO
Larissa Fernandez Carvalho
Letícia Fernandez Carvalho

DIAGRAMAÇÃO
DTPhoenix Editorial

Este livro foi impresso em 2022
para a Agir.